Weihnachten

Maruan Paschen

Weihnachten

Roman

 Matthes & Seitz Berlin

1.
Von Geschenken und Schweigepflicht

Schleswig-Holstein ist am Fenster vorbeigefahren und der Schnee kam von vorne, also quasi aus Dänemark, wie eine Million kleine Pfeile. Ich habe geraucht und das Fenster deshalb einen Spalt offen gehabt, tausend dieser kleinen Pfeile sind mir von der Seite ins Gesicht geflogen. Ich bin einfach den roten Lichtern von meiner Mutter hinterhergefahren, und die ist vermutlich den roten Lichtern von meinem Onkel hinterhergefahren. Davor saß noch ein Onkel in einem silbernen Skoda und davor zwei Onkel zusammen in einem roten Mercedes. Und hinter mir fuhr noch ein Onkel. Ich sehe die Familie eigentlich nur zu Weihnachten. Und zu Weihnachten treffen wir uns am See.

Dr. Gänsehaupt, ich komme nicht zu Ihnen für eine Therapie. Ich komme zu Ihnen, weil Sie doch Schweigepflicht haben. Haben Sie? Ich möchte Ihnen erzählen, warum meine Familie nach diesem Weihnachtsfest sterben musste. Und natürlich auch, was ich dabei für eine Rolle gespielt habe, jetzt mal ohne das Wort »Mörder« gesprochen. Und deshalb möchte ich Ihnen von meiner Familie erzählen. Und am Ende wüsste ich gerne, ob es Ihnen in meinem Fall eigentlich eher leicht fällt, sich an Ihre Schweigepflicht zu halten (Sie haben jetzt noch gar nicht geantwortet. Sie haben ja eine, oder?) oder ob Sie eigentlich gerne jemandem von meiner Familie und meiner Rolle bei ihrem Ableben berichten würden, um mal ohne das Wort »sterben« zu sprechen. Nun, wie gesagt, wir treffen uns zu Weihnachten. Obwohl: Ich weiß nicht, ob wir uns treffen. Ich weiß nicht, ob sich zwei wirklich treffen können. Aber sieben sicher nicht. Ich weiß nicht, warum das so schwer ist. Wir treffen uns Heiligabend und essen Fondue. Meine Mutter ist meine Mutter. Und die anderen sind ihre Brüder. Ich bin ein Einzelkind. Vielleicht liegt es ja daran. Vielleicht weiß ich es einfach nicht besser. Wir reden über alte Zeiten. Älter als wir.

Es gab viele Hallos und alle sagten, wie es ihnen geht.

Meine Mutter fragte, wie es sei.

Tarzan sagte: »Muss ja.«

Otto fragte meine Mutter: »Und?« Und meine Mutter sagte: »Hach ja.«

Art nickte zu Berti und Berti kniff die Lippen zusammen.

Ich schwitzte, Otto freute sich, alle zu sehen.

Jemand sagte: »Brr, kalt.«

Dann tranken wir ein Glas Sekt.

Tarzan sagte: »Es ist ja hier nicht wie bei anderen armen Leuten.« Meine Mutter hörte zu.

Onkel Otto band Schleifen in die Schnürsenkel der Schuhe, die wir an der Tür ausgezogen hatten.

Wir schwiegen einen Moment und schauten auf die Terrasse, auf den See, leise rieselt der Schnee.

Finden Sie das auch komisch? Dass alle sagen, wie es ihnen geht? Ich meine, gleich am Anfang? Man hat ja noch den ganzen Abend, um herauszufinden, wie es den anderen geht! Eigentlich hätten wir dann ja nach Hause fahren können. Wie geht's? Gut, danke. Dir? Auch. Tschüss. Tschüss.

Ich sag Ihnen was: Ich mache es Ihnen nicht kaputt. Ich verrate Ihnen jetzt noch nicht, wie es allen wirklich geht.

O.k., Tarzan heißt nicht wirklich Tarzan, Art heißt Art. Genau wie Otto Otto heißt und Berti Berti. Und es schien allen gut zu gehen, um nicht mit dem Wort »angeblich« zu sprechen.

Und mir? Wie ging es mir? Ich hatte gefrühstückt. Ich hatte gut geschlafen. Ich hatte mir die Zähne zweimal geputzt, ich hatte geübt zu sagen, wie es mir geht. »Wie geht's dir? Ach ja, muss ja.« Ich hatte mir den Bart geschnitten, ein Hemd gebügelt. Einige Nachrichten beantwortet, einen Brief geschrieben, an mich selbst. Ich hatte meine Armbanduhr angelegt und einen Moment geweint. Ich hatte meiner Mutter geholfen, den Obstsalat zu machen, meine Schuhe nicht geputzt, meine Fingernägel nicht geschnitten, mich wohlgefühlt, mich schlecht gefühlt, alles in allem: »Ach ja, muss ja.«

Der Brief an mich war natürlich privat. Aber Ihnen mag ich den Brief schon anvertrauen. Ich hoffe, Sie haben Geduld:

»Lieber Maruan,

der See ist das Meer. Ich kann das andere Ufer nicht sehen und ich werde nicht das Wasser trinken. Ich werde keine Fische sehen, keine großen Wellen, lass es doch das Meer sein. Lass doch alle Weihnachten am See feiern und du feierst Weihnachten am Meer.« Das klingt für Sie vielleicht merkwürdig. Andererseits kommen Patienten ja sonst sogar mit Träumen zu Ihnen. Ich meine mit Monstern oder Nacktheit oder wenn ein heterosexueller Mann plötzlich träumt, mit einem Mann zu schlafen.

Also, vor der Terrassentür standen holländische Holzschuhe mit bunten Mustern. Sie stehen da immer, damit wir in ihnen zum Rauchen in den Schnee gehen können. Eine Kiste Sprudel war auf der Terrasse geplatzt, große Glasscherben klebten an dem gefrorenen Mineralwasser.

Wir trugen alles, was in den Autos war, in die Hütte. Das Essen und die Geschenke, Fotoalben und Kekse, Weihnachtsschmuck und noch mehr Geschenke, und Tarzan hatte Zweige von einem Baum mitgebracht. Die Zweige sind unser Weihnachtsbaum, es hat was mit Bescheidenheit zu tun. Aber viel mehr weiß ich darüber auch nicht, es ist auf jeden Fall eine alte Tradition. Art legte Holz nach, alle hatten Wollpullover an, nur meine Mutter trug eine Bluse.

Die Geschenke waren in unterschiedliches Geschenkpapier verpackt. Meine Mutter hatte ihre Geschenke in drei Sorten Geschenkpapier verpackt, alle anderen hatten nur zwei Sorten benutzt.

Wie packen Sie Geschenke aus? Früher habe ich das Geschenkpapier von den Geschenken heruntergerissen. Meine Mutter hat mir erklärt, dass es eine Wertschätzung sei, seine Geschenke vorsichtig auszupacken. Denn sie, meine Mutter, habe sich sehr bemüht, die Geschenke schön einzupacken. Wir haben dann das Auspacken geübt, mit Zeitungspapier und einer Butterbrotdose. Also, erstmal hat meine Mutter die Butterbrotdose in Zeitungspapier verpackt und sich dabei viel Mühe gegeben. Dann hat sie mir gezeigt, wie man ein Geschenk vorsichtig schüttelt und horcht, wie man daran riecht und wie man sagt: »Hoffentlich ist es ein Buch!« Dann, wie man vorsichtig den Tesafilm entfernt, ohne das Papier zu beschädigen, wie man richtig »ohh« und »ahh« sagt und dass man es immer auch ein wenig lustig meinen könne, um nicht mit dem Wort »ironisch« zu sprechen.

Otto kann, was meine Mutter nicht kann: ehrgeizig die Geschenke ohne Tesafilm verpacken. Dazu fehle ihr der Ehrgeiz, hat sie gesagt. Ich packe meine Geschenke heute langsam aus und hoffe, dass mich niemand dabei beobachtet.

Zwischen dem Sekt und den Geschenken vergeht übrigens mehr Zeit, als eigentlich notwendig wäre. Ich meine, »notwendig« ist vielleicht das falsche Wort. Meine Mutter hat mir erklärt, dass Vorfreude die schönste Freude sei. Das kennen Sie ja sicher. Also, sie hat mir eben auch erklärt, dass man sich eigentlich das ganze Jahr vorfreut und dass es sich dann zuspitzt und dass, während wir den Sekt trinken, die Vorfreude an ihrem Höhepunkt angelangt ist. Alles, was wir an dem Tag essen und trinken, sei wie eine Rolltreppe der Vorfreude im U-Bahnhof der Wünsche. Zugegeben, das Bild, also das mit der U-Bahn, das ist jetzt nicht so genau. Die Rolltreppen gehen da ja nach unten, aber die Welt der Wünsche ist oben, und bezahlen muss man auch für die U-Bahn, aber im Großen und Ganzen versteht man doch wohl, worum es geht. Einige Stufen dieser Rolltreppe jedenfalls bestünden aus unseren Ritualen.

Das habe ich jetzt ausgelassen, aber ich will es trotzdem kurz erwähnen: Wir essen tagsüber immer noch eine Tomatensuppe mit Reis, wir machen einen Spaziergang, bei dem wir den Weihnachtsmann suchen, wir essen Grießbrei mit Banane und Honig und Zitronenschale. Und dann, wenn die Geschenke dran sind, dann gibt es eben noch das Auspacken, und dann freut man sich schon auf die Geschenke im nächsten Jahr. Bis auf den Moment, in dem wir die Geschenke auspacken, ist also das ganze Jahr voller Vorfreude.

Was ich bekommen habe? Ich bekam Geld, und jeder hatte es anders verpackt.

Tarzan hatte eine Tasse mit Euroschokoladentalern gefüllt und ganz unten einen 50-Euro-Schein hineingelegt. Berti hatte einen 50-Euro-Schein als Lesezeichen in ein Buch gelegt.

Und Art legte einen 50-Euro-Schein auf den Tisch. Und »Zenos Gewissen« von Italo Svevo, mit einem zweiten 50-Euro-Schein als Lesezeichen.

Meine Mutter sagte, dass wir danach mal sprechen sollten, was auch ungefähr 50 Euro ist. Alle bekamen Rumtopf. Art bekommt Rumtopf mit extra Erdbeeren, weil er die so gerne mag. Alle anderen bekommen normalen Rumtopf.

Berti bekam: Kondensmilch, Rumtopf, Essiggurken (selbst eingelegt), den ganzen Ring des Nibelungen auf zwölf CDs, ein Buch mit verblüffenden Fakten. Einen Pullover, grün, in der richtigen Größe. Dass Berti jedes Jahr die Kondensmilch geschenkt bekommt, ist eine lustige Geschichte, aber die erzähle ich vielleicht wann anders oder gar nicht, weil so lustig finde ich sie in Wirklichkeit nicht.

Geschenke für Tarzan:

Ein Buch mit erstaunlichen Fakten. Und eines von höherem poetischen Wert.

Geschenke für Art:

Viel. Zu viel, fand er. Und alle anderen auch.

Geschenke von meiner Mutter:

Etwa 50 Euro, Rumtopf, Essiggurken, Kekse, ein Berlin-Führer mit besonderen Erlebnisstätten. Und süße Kondensmilch.

Geschenke für Otto:

Porzellan, Marmelade, einen Bildband mit Schmetterlingen.

Warum ich nur erzählt habe, was meine Mutter geschenkt hat, aber nicht, was sie bekommen hat? Weil ich mich nicht daran erinnere. Lesen Sie da jetzt nicht zu viel rein.

In unseren Geschenken steckt Liebe und Vorausschau. Das glaube ich, solange ich Geschenke bekomme und solange ich Geschenke verschenke.

Zum Beispiel: Berti schenkt Otto ein Buch und ein Stück Seife. Damit Otto nicht denkt, dass Berti denkt, dass Otto stinkt, schenkt Berti allen anderen auch ein Stück Seife. Weil alle anderen nun Geschenke im Wert von beinahe 50 Euro erhalten, aber Otto jetzt nur noch Geschenke im Wert von 37 Euro erhält, lässt Berti für 10 Euro noch Ottos Namen in die Seife eingravieren.

Otto und Berti sind besonders. Als Otto und Berti klein waren, ist Berti jede Nacht, als alle schon geschlafen haben, zu seinem Bruder ins Bett geschlichen. Alle wussten, dass Berti das macht, weil alle wussten, dass er nachts alleine Angst hatte, und vor allem, weil Berti besonders lange geschlafen hat und deshalb nie rechtzeitig zurückschleichen konnte in sein eigenes Bett, das zwar im selben Zimmer stand, aber eben auch neben den Betten von Art und Tarzan. Alle wussten davon, aber niemand hat darüber geredet. Ich weiß es nur von meiner Mutter.

Erst als Berti ausgezogen ist, hat er in einem eigenen Bett geschlafen. Heute wohnen Otto und Berti wieder zusammen und niemand weiß, ob sie in einem Bett schlafen. Aber alle reden darüber. Das weiß ich von meiner Mutter. Was ich auch von ihr weiß: Tarzan, der eigentlich anders heißt, wird Tarzan genannt, weil er das gerne möchte. Zumindest wollte er das, als er zwölf war. Und jetzt, mit dreiundsechzig, ist er ein alter Tarzan. Was ich noch weiß: Dass Tarzan der Einzige in der Familie ist, der einen VW-Bus reparieren kann. Dass er der Einzige in der Familie ist, der seine Wäsche mit Kernseife waschen, an der Wuchsrichtung des Mooses die Himmelsrichtung bestimmen, einen Buchstabierwettbewerb gewinnen und den Zauberlehrling aufsagen kann. Und dass Tarzan als Student mal eine Therapie gemacht hat, für zwei Wochen. Aber ich glaube nicht, dass das so eine moderne Form war, wie Sie sie anbieten. Jedenfalls: Danach hat er sich davor geekelt, Angst anders zu fühlen als eine Flasche Bier oder Licht oder einen VW-Golf. Und noch mehr hat er sich davor geekelt, anders darüber zu sprechen.

Das scheint jetzt erstmal nicht weiter von Belang zu sein, aber ich bitte Sie um etwas Geduld oder besser: Vergessen Sie das mit der Therapie einfach wieder, ich werde später noch einmal darauf zurückkommen.

Etwa zur selben Zeit, also vor zwanzig Jahren, hat Art mit mir Fußball gespielt, obwohl wir das beide nicht gerne mochten. Was wir beide gern mochten: Art hat mir die Odyssee auf eine Kassette gesprochen. Ich habe sie nachts gehört, und wenn ich sie ausgehört hatte, habe ich sie ihm zurückgegeben und Art hat ein neues Kapitel draufgesprochen.

Lange preisen wir, schon von den Zeiten unserer Väter, / Uns Gastfreunde. Du darfst nur zum alten Helden Laertes / Gehn und fragen … / Aber ich kam, weil es hieß, dein Vater wäre nun endlich / Heimgekehrt; doch ihm wehren vielleicht die Götter die Heimkehr. / Denn noch starb er nicht auf Erden der edle Herr Vater, Odysseus, /

Sondern er lebt noch wo in einem umflossenen Eiland /
Auf dem Meere der Welt; ... / Meine Mutter, die sagt es,
er sei mein Vater; ich selber / Weiß es nicht; denn von
selbst weiß niemand, wer ihn gezeuget.

Also, das ist nicht ganz genau. Aber so ähnlich. Ach,
oder:

Ganz unmöglich ist mir's, Antinoos, die zu versto-
ßen, / Die mich gebar und erzog; mein Vater leb' in der
Fremde, / Oder sei tot!

Was wir noch mochten: Erdbeeren pflücken bei Erd-
beerenselberpflückenhannes, obwohl wir beide auf Erdbeeren allergisch sind. Bei mir schwillt die Zunge an
und ich bekomme rote Flecken im Gesicht. Art bekommt
dann keine Luft mehr. Röcheln müssen wir beide. Art
hat gesagt: »Wir röcheln Erdbeeren« und »Erdbeerhus-
ten«. Finden Sie das lustig? Ich bin mir auch nicht sicher.
Immerhin hatte Art immer eine Cortisonsalbe dabei und
ein Asthmaspray. Aber richtig lustig finde ich es trotzdem nicht.

Er ist mit mir ins Wattenmeer gegangen, um Krebse
zu sammeln. Dann kam die Flut und Art hat mich auf den
Schultern zurück ans Ufer getragen. Art hat geweint und
gesagt, dass das sehr knapp gewesen sei. Art hat auch
eine Therapie gemacht, ich weiß es nicht genau, aber ich
glaube, er macht sie noch immer. Das ist jetzt eigentlich
noch gar nicht wichtig, vielleicht vergessen Sie das einfach auch, weil über Art müssen wir später ohnehin noch
genauer sprechen.

Meine Mutter hat ebenfalls eine Therapie gemacht,

zehn Jahre. Ich habe sie gefragt, ob es was gebracht habe. Sie hat überlegt und dann gesagt: »Heute weiß ich, dass nicht jeder seine Geschenke ohne Tesafilm einpacken können muss und dass ich einen guten Obstsalat machen kann.«

Das können Sie ruhig behalten, das ist durchaus wichtig, aber nun genug davon.

Wir haben also unsere Geschenke ausgepackt und dann haben wir mit unseren Geschenken gespielt. Das machen wir, glaube ich, anders als andere Familien. Meine Mutter erklärt allen, warum sie genau das Geschenk erhalten haben, das sie erhalten haben. »Dies ist ein Buch mit erstaunlichen Fakten«, sagte sie zu Tarzan. »Ich dachte, das ist sicher was für dich, weil du selbst auch immer so erstaunliche Fakten hast.« Dann versuchten Berti und Tarzan herauszubekommen, wie unverschämt genau meine Mutter das Geschenk gemeint haben könnte. Gewonnen hat immer derjenige, der die bösartigste Interpretation der Intentionen des Schenkenden formuliert. Allerdings verliert diese Person dann auch immer etwas. Oder sagen wir, es gibt wenig zu gewinnen bei dem Spiel, um einmal ohne das Wort »Galle« zu sprechen.

Zur selben Zeit bedankte sich Otto bei Berti für die Seife mit den Worten: »Das muss ja ein Vermögen gekostet haben! Graviert!«, und Berti sagte zu meiner Mutter, die genau zugehört hatte: »Schau einer an, Otto weiß es einfach zu schätzen, wenn man ihm ein Geschenk macht. Und selbst macht er auch immer so herzliche, manchmal sogar rührende Geschenke.« Berti holte sein Portemonnaie aus der Manteltasche und bot Otto einen 10-Euro-Schein an.

Wir klappen Bücher auf, klappen Kalenderblätter um und fächern 50-Euro-Scheine auf. Wir wechseln Pullover und naschen von der süßen Milch. Wir reden über Wagner und Bayreuth, über Schmetterlinge und Kekse, Rezepte in Sütterlin, Rezeptbücher in Sütterlin. Wir reden darüber, ob Mama Mama heißt oder Mutti oder Oma oder Mutter. Dann spielen wir weiter.

Vor ein paar Weihnachten hat Tarzan mir einmal, ach so, davor vielleicht: Ihnen ist ja sicher nicht entgangen, dass ich, sagen wir, nicht richtig schwarz oder so, vielleicht milchkaffee-, cappuccinofarben bin. Zumindest im Sommer. Und dass meine Nase und meine Augen, also das liegt daran, dass mein Vater ein Araber war. Aber der Rest meiner Familie ist so deutsch wie ein Volkswagen. Vor ein paar Weihnachten hat mir Tarzan ein Buch geschenkt, ein Wörterbuch von Duden, für Kanakisch – Deutsch, Deutsch – Kanakisch. Alle fanden das ganz drollig, das haben sie gesagt, dass das drollig sei, ich selbst benutze das Wort gar nicht. Ich habe gewartet, bis meine Mutter und ich auf dem Heimweg waren, und dann habe ich das Buch im Auto zerrissen. Meine Mutter hat das erst gar nicht verstanden, dann habe ich es ihr erklärt. Meine Mutter hat dann Tarzan angerufen und ihm gesagt, dass »wir« nicht mit seinem Geschenk einverstanden seien, »wir« hätten es dann zerrissen. Meine Mutter und Tarzan haben danach zwei Jahre nicht mehr miteinander gesprochen, aber Tarzan hat mir bei der nächsten Gelegenheit ein Wörterbuch Deutsch – Arabisch, Arabisch – Deutsch geschenkt. Sie denken jetzt vermutlich: Aber der kann doch sicher Arabisch! Und Sie haben Recht, das schon. Aber die Frage ist doch: Weiß Tarzan das? Ich weiß es bis heute nicht. Davon hängt aber natürlich ab, was ich von dem Geschenk halten soll. Ich habe es vorsichtshalber auch zerrissen. Ach, vergessen Sie das.

2.
Was wir essen. Und wann
und wo und wie und warum

Der beste Teil des Abends kommt jetzt: Der Beginn der Vorfreude auf die Geschenke im nächsten Jahr. Ob ich das ernst meine? Hm. Auf jeden Fall kommt jetzt das Essen.

Wir haben noch einiges vor uns.

Jetzt essen wir und dann spielen wir ein Spiel.

Dann essen wir und dann verstecken wir uns.

Wir verstecken uns, dann essen wir und wir spielen noch ein Spiel. Dann essen wir und erzählen die Geschichte meiner Geburt.

Dann essen wir noch einmal und dann bleibt nur die Vorfreude auf die Geschenke im nächsten Jahr.

Berti füllte auf der Terrasse die Karaffe mit Weißwein auf. Er hatte den Wein in einem Pappkarton mitgebracht und sagte, dass das ja heute so sei, dass der Wein aus den Pappkartons heute der bessere Wein sei. Er schenkte allen ein, nur Art hielt seine Hand über das Glas.

Wir tranken auch Sekt und Wasser und Rumtopf. Wir trinken alle viel. Ich trinke viel Bier, meine Mutter trinkt viel Wein, Art trinkt viel Armagnac. Aber auch Wasser und Apfelschorle oder Saft. Tee, Kaffee, Kaffee mit süßer Kondensmilch. Kaffee mit Armagnac, Kaffee mit Likör, Kaffee mit Portwein, kurz: Wir trinken viel, um einmal ohne das Wort »saufen« zu sprechen. Ich glaube, wenn wir nicht so viel essen würden, dann würden wir sogar zu viel trinken. Ich habe Berti gesehen, wie er Bratensaft von einem Teller getrunken hat. Er hat aufgeschaut von seinem Teller und alle haben ihn angesehen. Seine Lippen klebten noch am Teller. Er hat den Teller abgesetzt und gesagt: »Das macht man natürlich eigentlich nicht«, und dabei ist ein Faden Bratensaft von seiner Unterlippe zurück auf den Teller getropft.

Berti erzählte, dass der Weißwein ein auf Schieferplatten gewachsener Riesling sei, weshalb er einen weniger mineralischen Geschmack habe. »Dieser hier«, sagte er, »kommt von einer der letzten Weinterrassen in der Pfalz.« Dass die Reben sehr alt seien und seit einigen Jahrhunderten von derselben Familie geschnitten würden und dass Tarzans Wochenendhaus ganz in der Nähe liege, sagte er auch noch. Dass er selbst da gewesen sei und den Winzer getroffen habe, um sicherzustellen, dass der kein Diethylenglycol im Keller habe, und seine Frau nicht schlage. Tarzan sagte, dass doch wohl jeder Riesling nach dem dritten Glas geschmacklich nicht von Glycolwein zu unterscheiden sei. Und Berti sagte, dass aber dieser Winzer sogar nach dem fünften Glas noch immer seine Frau nicht schlagen würde.

Otto zog seinen nackten Fuß über die geölten Dielen. Das scheint eher nebensächlich, ich will es aber trotzdem erzählt haben.

»Es ist ja so«, sagte Tarzan, »dass die meisten Winzer gar nicht wissen, dass Schieferplatten alle paar Jahre neu geschlagen werden müssen, damit sich keine Bitterstoffe in den Wein mischen.«

Ich weiß, was Sie denken: Tarzan ist sicher ein Winzer. Aber vielmehr ist es so, dass Tarzan ein Wochenendhaus in einem Weinanbaugebiet hat. Und Tarzan ist ein sehr interessierter Mensch. Der interessiert sich eigentlich für alles. Aber immer nur so viel, dass er noch genügend Kapazitäten hat, um sich auch für alles andere zu interessieren. Berti sagte, dass es doch immer wieder erstaunlich sei, dass man keinen Jesus brauchen würde, um Wasser in Riesling zu verwandeln, sondern lediglich einen Tarzan. Das hat er gesagt. Was halten Sie eigentlich von Ironie? Mein Freund, der Schriftsteller ist, sagt, dass Ironie nur da sei, um sich von einer Aussage zu distanzieren. Deshalb verzichte er in seiner Arbeit beinahe gänzlich auf Ironie, weil er kein Feigling sein wolle. Stattdessen würde er alles sehr ernst meinen und zum Beispiel sagen: »Tarzan war sehr traurig.« Aber nur dann, wenn Tarzan tatsächlich sehr traurig gewesen sei. Seine Bücher sind natürlich brillant! Und ganz nebenbei noch sehr ökonomisch. Ich meine, könnten Sie sich einen kürzeren Weg vorstellen, um zu sagen, dass Tarzan traurig war? Sollte er die Welt aufschreiben, dann wäre das Buch genau so groß wie die Welt, keinen Millimeter kleiner oder größer. Ein sehr genauer Beobachter. Aber finden Sie das auch, das mit der Ironie? Sie sind ja vermutlich ganz häufig mit Ironie konfrontiert, also von Berufs wegen. Ich finde das nämlich nicht. Ich meine, wenn ich Ihnen sage, dass ich finde, dass Sie ein ganz hervorragender Therapeut seien, aber in Wirklichkeit finde, dass Sie ein besonders stümperhafter Therapeut seien, vielleicht sogar sagen möchte, dass Sie gar kein Therapeut sind, dann ist ja klar, dass, Sie mich eigentlich richtig verstehen. Und dann habe ich irgendwie beides gesagt und Sie haben irgendwie beides verstanden. Wenn ich Ihnen aber sage: »Ich finde Ihren Ansatz der Therapie ganz großartig! Sie geben mir das Gefühl, dass alles, was mir widerfährt, nur passiert, damit es mir widerfährt!«, dann haben wir doch eine ganz neue Sprache. Sie wissen nicht, was ich denke. Ich kann kaum kontrollieren, wie Sie auffassen, was ich sage. Aber wir sprechen eben doch. Wir kommunizieren eben doch. Ist das nicht großartig? Ich könnte auch sagen: »Tarzan hat auf mich eine große Wirkung. Ich höre immer gespannt zu. Ich muss ihn eigentlich nur irgendwo anstechen und es läuft aus ihm heraus und es läuft immer etwas mehr heraus, als je hineingeflossen ist.« Verstehen Sie? Nein? Ich hoffe, dass es noch klar wird.

Vor dem Essen falteten wir noch das Geschenkpapier vorsichtig zusammen und legten die Geschenke auf Haufen, die ihren neuen Besitzern gehörten. Wir legten das gefaltete Geschenkpapier vor die Geschenke, die das Geschenkpapier verhüllt hatte, als sie noch Geschenke waren. Je ein gefaltetes Blatt rotes Papier mit weißen Punkten vor jeden Rumtopf, einen Bogen silberglitzerndes Papier vor die Kalender, ein Stück beiges Papier mit preußischblauen Streifen vor die Bücher und durchsichtige Folie mit roten und orangen Bändern vor die Konservendosen mit der süßen Milch. Art zündete sieben Teelichter an und stellte sie den Haufen bei, vor das Geschenkpapier. Obwohl die sieben Kerzen eigentlich den Raum heller hätten machen müssen, wurde es etwas gemütlicher, um nicht mit dem Wort »dunkler« zu sprechen. Wir standen vor den Geschenken und schwiegen, Otto verteilte Tassen mit dampfendem Rumtopf. Art pustete in seine Tasse. Seinen Blick, den er auf die Geschenke warf, warfen die Geschenke direkt zurück zu ihm. Ich sag Ihnen was: Dieser Moment hat mich eingenommen. Alles, was jetzt passiert, alles, was ich von jetzt an erzähle, ist durchdrungen von diesem Moment. Alle Ereignisse, die folgen, alle meine Rechtfertigungen und Zweifel, meine Gefühle und Handlungen, meine Gedanken, meine Absichten, mein Verständnis und damit Ihr Verständnis von diesem Weihnachten läuft durch den Filter dieses Moments. Denken Sie bei diesem Moment an eine Beerdigung? Ja? Ich nämlich auch.

Dann kam Tarzan aus dem Keller mit den Handschellen und fragte:

»Wer hat Hunger?«

Es gibt immer: Würstchen, Feuersoße, Walnusssoße mit frischer Minze.

Ein Glas Remoulade mit Kapern und für Berti ein kleines Glas ohne Kapern.

Es gibt Reh, Hirsch, Schwein, Rind, Strauß, Kaninchen und Lamm.

Maiskölbchen, Oliven, Cornichons, Currysoße, Silberzwiebeln, Peperoni. Brot, Kartoffeln und rote Grütze.

Es gibt immer einen Topf mit Brühe und einen mit Fett.

Und wir wiegen uns. »Es muss sein«, sagte Otto. Ich verstehe schon, dass es wichtig ist. Ich verstehe nur nicht, warum es wichtig ist. Berti soll nicht so viel essen, seine Gesundheit ist immer am Jordanufer. Also Tarzan sagt das so. Finden Sie das lustig? Ich eigentlich auch nicht. Außerdem erzählt er dann immer noch, woher der Spruch kommt, »über den Jordan gehen«. Ich will Sie aber nicht langweilen, zumal es vermutlich ohnehin nicht stimmt. Gut, es muss also irgendeine Möglichkeit geben, Berti zu erklären, dass er etwas vorsichtig mit Transfetten und leeren Kohlenhydraten und Cholesterin und Hirsch und Schwein und Walnusssoße sein muss. Aber seit dem letzten Jahr brauchen wir eine extra Waage, weil die herkömmliche sein Gewicht nicht mehr akkurat anzeigen kann. Ich weiß nicht, was ich davon halten soll. Sie? Vielleicht gar nichts. Trotzdem, die Ergebnisse:

Meine Mutter wog 65 kg.

Art wog 83 kg.

Tarzan wog 93 kg, ist aber auch groß.

Otto wog 85 kg.

Ich wiege 70 kg. Also gut, Herr Gänsehaupt, ich wiege 90. 90 kg.

Berti wog ca. 158 kg.

Berti sagte, dass das so sei, dass er finde, dass es so sei. Aber was soll er auch sonst sagen?

Alle saßen um den Tisch, leise blubberte das Fett im Topf. Art strich mit Daumen und Zeigefinger sein Kinn entlang.

Berti schaute in den Topf. Ich glaube, dass die Blasen des brodelnden Öls die Zahl einhundertachtundfünfzig formten, aber dass nur Berti sie sehen konnte.

Aus den Lautsprechern sangen zwei Frauen, abwechselnd, »Benedict, Benedict, Benedict« usw.

Art gab das Rindfleisch im Uhrzeigersinn in die Runde, sein Brustkorb hob und senkte sich. Ich versuchte, etwas Schönes daran zu finden. Dass Luft in Art reingeht und verbrauchte Luft aus Art wieder herausgeht. Aber es ist so normal. Da bin ich jetzt wieder gesprungen, bitte entschuldigen Sie.

Wir legten uns die Handschellen an. Weil Berti im letzten Jahr ein Paar kaputt gemacht hatte, als er den Nachtisch zu sich ziehen wollte, seine Handschellen sich aber in einer Fonduegabel verhakten und Berti in einem Anfall leichter Panik aufsprang und wild mit den Armen herumfuchtelte, bis ein Glied in der Messingkette zwischen den beiden Ringen nachgab, haben wir ein Paar zu wenig. Otto und Berti haben ein Paar zusammen benutzt und fesselten ihre Handgelenke aneinander. Berti sammelte mit der freien Hand alle Schlüssel ein und warf sie in den Topf mit der Brühe. Was ich mit Handschellen meine? Ich verstehe die Frage jetzt gar nicht so richtig. Handschellen halt, so wie sie Polizisten haben zum Beispiel. Oder wie sie in vielen Schlafzimmern zu finden sind. Bei mir? Nein, ich habe keine Handschellen im Schlafzimmer.

Es ist also wahr, dass Sie vor allem über Sex reden wollen? Wir kommen zu Sex. Vielleicht nicht so, wie Sie ihn gerne hätten. Aber es wird um Sex gehen, versprochen.

Wir essen ja schon seit sehr langer Zeit Fondue zu Weihnachten. So lange, dass in unser altes Familienwappen ein Fonduetopf unter einem Weihnachtsbaum in die eine und drei Kreuze in die andere Seite gestanzt sind. Ich weiß, ein Familienwappen ist nicht völlig normal. Tarzan hat ein wenig Ahnenforschung betrieben und herausgefunden, dass es so ein Wappen gibt. Dazu gibt es zwei Dinge zu sagen. Das Erste ist: Tarzan sagt, dass ein Fonduetopf eigentlich Caquelon heißt. Das Zweite ist: Tarzan kennt sich mit Photoshop aus.

Zu allen Soßen gibt es ein Rezept, in Sütterlin. Meine Mutter hat sich einen Computer gekauft, um die Rezepte zu digitalisieren. Der Computer hatte keine Sütterlin-Schrift und meine Mutter hat Berti gefragt, ob man auf diesem Computer eine Sütterlin-Schrift installieren könne. Und Berti hat gesagt, dass das aus verschiedenen Gründen nicht gehe, hauptsächlich wegen der Pixelauflösung, die nicht mit einer Sütterlin-Schrift kompatibel sei. Also, Sie und ich, wir wissen, dass das Schwachsinn ist. Aber wir wissen ja auch, was Pixel sind. Und ich glaube, dass Berti gerne gefragt wird. Egal worum es geht eigentlich. Ich stelle mir das so vor, dass Berti und Tarzan gemeinsam aufgewachsen sind und immer, wenn es eine Frage gab, war diese Frage an Tarzan gerichtet. Da will man vielleicht auch mal eine Frage, so ginge es mir zumindest. Dann hat meine Mutter mich gefragt, ob es nicht doch gehen würde, und ich musste nachschlagen, was Sütterlin überhaupt ist. Aber ich gebe zu: Auch ich mag es, gefragt zu werden. Und ich habe gesagt, dass es auf jeden Fall gehe, sogar bevor ich wusste, was Sütterlin eigentlich ist. Dann habe ich es versucht, aber es ging nicht. Otto hat versucht zu helfen, aber hat sich dann einfach vor den Fernseher gesetzt. Er hat also nicht versucht zu helfen, aber er wusste, worum es geht. Tarzan hat versucht zu helfen und ein anderer Bekannter, der sich mit Computern auskennt, hat versucht zu helfen, aber es funktionierte einfach nicht. Dann hat meine Mutter die Rezepte mit der Hand abgeschrieben.

Dass Tarzan, obwohl er sich mit Photoshop auskennt, nicht helfen konnte, finde ich übrigens merkwürdig. Glauben Sie, dass er vielleicht nicht helfen wollte? Glauben Sie, dass das von Bedeutung sein könnte?

Aber zurück zu Weihnachten: Die Fondueteller haben einzelne Abteilungen für unterschiedliche Beilagen. Zwei etwa für zwei verschiedene Soßen, zwei für zwei verschiedene Sorten Fleisch, eine für Oliven, eine für Maiskölbchen und Silberzwiebeln. Nach der zweiten Runde haben sich die Abteilungen aufgelöst. Irgendwo hing ein Maiskölbchen aus einer Abteilung heraus in einer Mischung aus Feuersoße und Walnusssoße in einer anderen Abteilung und eine Olive steckte bis zur Hälfte in Remoulade ohne Kapern.

Tarzan steckte prüfend einen Finger in die Schale mit dem Kaninchen, ich weiß nicht, was er prüfte.

Art gab das Rindfleisch im Uhrzeigersinn in die Runde, dann die Walnusssoße, dann die Remoulade, das Brot, Hirsch, Oliven, Maiskölbchen, Silberzwiebeln und dann die Cornichons.

Es liefen die Goldberg-Variationen, und Art und Berti schoben ihr Fleisch zu den Anschlägen des Cembalos über ihre Teller durch alle Soßen. Art hatte ein Stück Strauß auf seinem Spieß, Berti zwei Stück Hirsch und ein Stück Kaninchen. Berti versuchte sich aus den Handschellen zu befreien, erfolglos.

Art gab das Rindfleisch im Uhrzeigersinn in die Runde, dann die Walnusssoße, dann kamen die Maiskölbchen bei ihm an und er hielt das Brot in die Luft. Dann das Kaninchen, dann die Walnusssoße. Bei Berti gibt es einen Stau, Otto schaut auf seinen leeren Teller, meine Mutter bittet um die Remoulade mit Kapern, Tarzan lädt sich Schwein auf und Art gibt einige Schüsseln gleichzeitig im Uhrzeigersinn in die Runde.

Eine Gabel fiel auf Porzellan, einer rief »gibst du mir bitte« und eine sagte »ich hätte gerne« und ich sagte »ich würde mal« und ein Brotkorb zog an Bertis Gesicht vorbei.

Art gab das Rindfleisch im Uhrzeigersinn in die Runde, einer schlug einen Löffel an ein Glas, das Geräusch von siedendem Fett war besinnlich.

Ich weiß, es hört sich merkwürdig an, das mit den Handschellen. Aber wissen Sie, was noch viel merkwürdiger ist? Dass es für mich fast normal war.

Das mit den Handschellen, ich will es Ihnen erklären.

Ich hatte eine Freundin und wir waren sehr verliebt. Es war eine sehr kurze, aber für die Dauer, die eben sehr kurz war, eigentlich sehr intensive Liebesbeziehung. Wir haben uns beim Unterhosenkaufen in einem Warenhaus kennengelernt. Ich habe Boxershorts angeschaut und sie hat mir angeboten, mich zu beraten. Dann habe ich sie beraten und dann haben wir gemeinsam in einer Umkleidekabine verschiedene Unterwäsche anprobiert. Ich habe auch ihre Unterwäsche anprobiert und sie meine und dann haben wir es beide einmal ganz ohne Unterwäsche probiert. Danach sind wir durch das Warenhaus gegangen und sie hat nach mir gerochen und ich habe nach ihr gerochen. Wir haben uns gegenseitig Fragen gestellt, um nicht mit dem Wort »kennenlernen« zu sprechen.

Ich erinnere das so:

»Wie oft kaufst du Unterwäsche im Jahr? Einmal, zweimal oder häufiger?«

»Einmal.«

»Nach wie viel Alkohol ist dein Abend vorbei?«

»Kommt drauf an.«

»Hast du eine Allergie gegen Meeresfrüchte?«

»Ich glaube nicht.«

»Sonstige Allergien?«

»Ja, gegen Erdbeeren. Aber ich komme damit klar. Und du? Erbkrankheiten?«

»Mein Vater hat eine Glatze, eine Großtante war irre. Magst du Kinder?«

»Ja. Du?«

»Glaub schon.«

»Wie findest du diesen Toaster?«

»Hässlich. Aber für einen Toaster in Ordnung. Magst du eher kleine Teller oder große Teller?«

»Kleine Teller! Alles in der Küche soll klein sein.«

»Auch das Essen?«

»Wie soll denn das Essen seine Größe verändern?«

»Reis zum Beispiel. Der geht auf, wenn man ihn kocht. Aber das habe ich eigentlich nicht gemeint. Ich weiß nicht genau, was ich gemeint habe. Du hast Recht, Essen ist so groß, wie Essen ist.«

»Vielleicht hast du die Portionen gemeint?«

»Ja, vielleicht habe ich die Portionen gemeint.«

»Sind wir hier richtig? Ich weiß nicht, ob wir hier richtig sind.«

»Kommt drauf an.«

»Ja, klar. Also ich suche die Bettwäsche. Ich meine, ich möchte sehen, wofür du dich interessierst.«

»Da sind wir falsch, glaube ich.«

»Also gut. Welche Farbe hat deine Bettwäsche?«

»Dunkelgrau. Aber ich habe auch weiße mit Blumen, die ich selbst bedruckt habe, als Kind, mit einem Kartoffelstempel.«

»Kartoffelstempel?«

»Nicht so wichtig.«

»Glaubst du, wir könnten eine Familie gründen?«

»Bis jetzt sieht es ganz gut aus, ja.«

»Ach, da fällt mir ein: Hast du schon einmal eine Familie gegründet?«

»Ja, ein paar Mal. Aber es hat nie so recht geklappt.«

»Wie sind deine Eltern?«

»Ich habe nur eine Mutter. Wo gehen wir gerade hin?«

»Wir gehen zur Schreibwarenabteilung. Ich brauche ein Lineal, um deine Nase zu messen.«

»Verstehe. Darf ich deine Hüfte messen?«

»Das hast du doch schon, in der Umkleidekabine.«

»Stimmt. Ich wollte eigentlich auch fragen, ob wir nicht vielleicht noch einmal etwas anprobieren wollen. In einer Umkleidekabine. Also, ob ich dich noch mal vermessen könnte, von Kopf bis Hüfte und von Hüfte bis Fuß.«

»Ich denke, wir sollten jetzt erstmal mit den Tests fertig werden.«

»Nun, der eigentlich wichtigste Test wäre wohl ... ach, vergiss es.«

»Na los, sag!«

»Na ja, der wichtigste Test wäre wohl, dich zu Weihnachten mitzubringen.«

»Als Geschenk für dich selbst?«

»Nein, nein, um dich meiner Familie vorzustellen.«

»Ich dachte, du hast nur eine Mutter?«

»Ja, aber die hat drei Brüder.«

»Also gut. Weihnachten.«

»Echt?«

»Klar.«

»Dann bleibt eigentlich nur noch eine Frage.«

»Die nach deiner Nasengröße?«

»Quatsch. Ob es hier Handschellen gibt natürlich.«

»Wofür brauchst du Handschellen?«

»Oder hast du deine eigenen?«

»Meine eigenen Handschellen? Wofür?«

»Na für Weihnachten.«

Ich schwöre Ihnen, bis ich ihren Gesichtsausdruck gesehen habe, ist es mir nie in den Sinn gekommen, dass es vielleicht merkwürdig sein könnte, dass wir mit Handschellen essen.

Ich habe meine Freundin nie wiedergesehen. Das war unsere ganze Beziehung, ein Weg von der Unterwäsche, vorbei am Porzellan und den Messern, der Bettwäsche, Geschenkartikeln, und Lebensmitteln. Küchenmöbeln, Töpfen, Pfannen, Stoffbären und Anzügen in verschiedenen Größen. Parfüms und Waschmitteln, einigen Büchern, Schreibwaren, Linealen, Kugelschreibern und schließlich der Presse und Süßigkeiten am Ausgang.

Ein ganzes Leben.

Das war vor fünf Jahren oder vier. Seitdem trage ich die Handschellen weiter, obwohl ich weiß, dass es merkwürdig ist. Es geht mir auch gar nicht so sehr um die Tradition, die dahintersteckt. Es steckt eine dahinter, das ist klar.

Es ist eher wie mit dem Wort: »Geschenkartikel«. Also, das mit der Tradition meine ich. Im Grunde kann ja alles ein Geschenkartikel sein.

3.
Wie Art ein Auto klaut und warum Lavendel ihn daran erinnert

Art hat eine Schachtel aus dünnem Holz, in der er Fotos aufbewahrt. Wenn Art von früher erzählt, dann hält er sich an dieser Schachtel fest. Er misst sie mit den Fingern und wendet sie, er streicht behutsam mit der Handfläche über das Holz. Unter die Fotos hat er ein Päckchen Lavendel gelegt. Er hat mir die Fotos einmal gezeigt, Onkel Berlin ist auf einem, Tarzan auf einem anderen, Oma, der, den sie meinen Großvater nennen, aber eigentlich meistens Vati, eine der drei Frauen, Berti, und es gibt sogar eins mit meiner Mutter und dem, den eigentlich niemand meinen Vater nennt, der es aber aus technischen Gründen trotzdem ist.

Ich habe Art gefragt: »Warum hast du Lavendel in die Schachtel gelegt?« Und er hat geantwortet: »Weil Motten keinen Lavendel mögen.« Ich wollte wissen, ob Motten Fotos essen. Und Art sagte: »Keine Ahnung. Aber ihre Larven mögen Wolle.« Ich habe kurz gewartet und dann gesagt, dass ich nicht ganz zufrieden bin mit der Antwort. Art war geduldig. Er sagte: »Also Oma, deine Oma, die hat immer Lavendelbeutel in unseren Kleiderschrank getan, weil wir damals nur einen Kleiderschrank hatten, einen Kleiderschrank für die Kleider von allen. Und Lavendel half gegen die Motten, die sonst unsere

Winterkleidung aufgefressen hätten. Deshalb hilft mir der Lavendelbeutel, mich zu erinnern.« Ich war nicht so geduldig. »Wo ist denn dein Kleiderschrank auf den Fotos?« Art kratzte sich an der Nase. »Du meinst unseren Kleiderschrank. Wir hatten ja nur einen, in dem alle Kleider waren. Die deiner Mutter und meine und Tarzans und so weiter.« »Also gut, mit eurem Kleiderschrank.« Art hat überlegt und mir dann die Schachtel, die auf meinem Schoß lag, wieder weggenommen. Meine Finger rochen nach Lavendel. Er atmete tief ein und wieder aus. Dann hielt er sich den Lavendelbeutel unter die Nase und zog noch mal viel Luft in die Nase, diesmal durch den Beutel.

»Ich habe mal ein Auto geklaut«, sagte er.

Art hat einmal ein Auto geklaut, dabei war das mehr ein Unfall. Sein Vater hat ihm sieben Mark gegeben, um einen Weihnachtsbaum zu kaufen. Aber Art hat für die sieben Mark eine Flasche Armagnac gekauft. Ein Weihnachtsgeschenk. Nicht für seinen Vater, sondern für ihn selbst. Für ihn und Michel. Der hatte von seinem Vater den Auftrag bekommen, einen Weihnachtsbaum zu kaufen, dafür aber nur vier Mark bekommen. Und vier Mark reichten nicht für Armagnac, für zwei Schachteln Zigaretten aber reichten sie. Als Art mir die Geschichte erzählte, hatte er nicht darauf verzichtet zu erwähnen, dass es damals für vier Mark noch zwei Schachteln Zigaretten gab. Er weiß nicht, wie viel zwei Schachteln Zigaretten heute kosten.

Erst nach vier Gläsern Armagnac, drei Schallplatten-

seiten und einem Dutzend Zigaretten in einem trocke-
nen Keller in Blankenese fiel beiden etwa gleichzeitig
auf, dass sie genau zwei Weihnachtsbäume zu wenig hatten, um keine Ohrfeigen zu bekommen; ein Kabel, dass
über die Decke führte, schlug Funken und die Nadel des
Plattenspielers lief durch die letzten Zentimeter der
Rille. Als Art mir die Geschichte erzählte, hatte er nicht
darauf verzichtet zu erwähnen, dass ein Dutzend damals
zwölf hieß. Er weiß nicht, was ein Dutzend heute heißt.
Und er hatte auch nicht darauf verzichtet zu erwähnen,
dass Ohrfeigen damals weniger bedeuteten. Was Ohrfeigen heute bedeuten, weiß er nicht.

Es soll dann dunkel geworden sein und sie gingen aus
dem Keller auf die Straße, ohne Ziel im engeren Sinne,
aber mit dem Ziel im weiteren Sinne, zwei Weihnachtsbäume zu besitzen. Art hatte die Flasche Armagnac in
die Innentasche seines Mantels gesteckt.

In der Einfahrt des Lehrers Steinlein fanden sie einen
NSU Prinz, auf dessen Autodach eine Nordmanntanne
befestigt war, die mindestens sieben Mark gekostet haben musste. Und nur weil die Nordmanntanne mit einem
besonders komplizierten Knoten am Autodach befestigt
war, Michel aber aus Gründen, die er nie weiter erläu-
terte, Erfahrungen im Fahren von Autos hatte, für die
er keinen Zündschlüssel besaß, entschieden die beiden,
den NSU Prinz für eine kurze Zeit auszuleihen, um in
Ruhe den Baum zu klauen.

Für einen Moment muss es so ausgesehen haben, als
sei die Lage unter Kontrolle. Nicht für mich. Ich kenne

ja die Geschichte. Und auch nicht für Sie, weil Sie ja ein Mann vom Fach sind. Aber für Art und Michel schien der Augenblick der zu sein, in dem man die Fenster des NSU Prinz herunterkurbelt, zwei Zigaretten anzündet, nur um sie im Aschenbecher des Autos auszudrücken, und einige Milliliter Armagnac trinkt. Und noch während der Fahrtwind durch die beiden geöffneten Fenster zog, ist auch Art und Michel klargeworden, dass sich ihr Problem lediglich verlagert hatte. Jetzt hatten sie immer noch einen Weihnachtsbaum zu wenig, auch wenn es nur der günstigere war. Dafür, und das schien eben plötzlich viel schwerwiegender, einen NSU Prinz zu viel. Außerdem hatten sie jetzt auch noch einige Zigaretten und etwa eine halbe Flasche Armagnac zu wenig. Als Art mir das erzählt hat, hat er mir gesagt, dass er in diesem Moment mehr vom Wirtschaftssystem verstanden habe, als er je wieder verstehen würde. Er hat mir seine Schlüsse bezüglich des kapitalistischen Wirtschaftssystems dann erklären wollen, aber ich werde davon nicht berichten. Erstens bin ich mir nicht sicher, ob er es überhaupt ernst gemeint hat. Und zweitens bin ich mir nicht sicher, ob Art, damals oder heute, viel vom kapitalistischen Wirtschaftssystem verstanden hat, vermutlich weniger als Sie. Wozu also? Drittens verstehe ich besonders wenig vom kapitalistischen Wirtschaftssystem, weniger als Sie oder Art oder mein Religionslehrer, der den Kapitalismus mit einer Geschichte über sich mehrende Brote und Fische erklärt hat. Von dem will ich Ihnen auch erzählen, aber später. Und wirklich weg war die halbe Flasche Armagnac ja auch nicht: Sie wärmte einfach Brust und Hirn von zwei Dieben. Und diese Wärme ließ sie glauben, dass sie das Auto leicht gegen einen vier Mark teuren Weihnachtsbaum eintauschen könnten. Das scheint mir im Übrigen viel aufschlussreicher für das kapitalistische Wirtschaftssystem, aber, wie gesagt, keine Ahnung. Vielleicht beim Weihnachtsbaumverkäufer, der einen Stand vor dem evangelischen Gemeindezentrum hatte, war ein lauter Gedanke im warmen Kopf von Art. Der Weihnachtsbaumverkäufer ist nur von 1949 bis 1960 Weihnachtsbaumverkäufer gewesen. Und auch dann nur jeweils vom 20. November bis zum 24. Dezember, 14.00 Uhr. Bis 1960 war er an allen anderen Tagen Förster Paulsen, an den die Kinder aus Blankenese für eine kleine Menge Pfennige pro Kilo Kastanien verkaufen konnten. Nach 1960 war er tot und vor 1949 war er SS-Truppenführer Strahler. Sein linkes Bein allerdings habe sich, so erzählt es Art, »selbständig« gemacht und ist über 1960 hinaus SS-Truppenführer geblieben. Es kämpfe, hat mir Art erzählt, bis heute auf einer Wiese in der Ukraine. Solange der Weihnachtsbaumverkäufer aber ein Weihnachtsbaumverkäufer war, dachten Art und Michel, dass sie den NSU Prinz gegen eine mittelgroße Blautanne eintauschen könnten.

Nun muss es aber so gewesen sein, dass, während der Weihnachtsbaumverkäufer zu bestimmten Zeiten jeweils eine bestimmte Identität gehabt hatte, der Besitzer des NSU Prinz ganz vieles gleichzeitig gewesen war. Zum Beispiel ein rothaariger Mann, aber auch Oberstudienrat. Der Besitzer eines rosafarbenen NSU Prinz und Vater von drei Söhnen, mit denen Art und Michel zur Schule gingen. Ein Gymnastikenthusiast und ein Politiker in einer kleinen Partei, die sich für wenig einsetzte. Gleichzeitig war er eben auch Herr Steinlein und ein Mann mit maßgeschneiderten Anzügen und ein Veteran mit zwei Beinen und einer der drei Männer, die gut 20 Jahre zuvor an einem Strand im Norden Frankreichs in eine Kamera gelächelt hatten, als der Auslöser der Kamera betätigt wurde. Art hatte das Foto aus der Schachtel geholt und mir gezeigt. Auf dem Foto sind drei Männer zu sehen. Art sagte, dass der links Strahler sei, bevor er Förster wurde. Und der in der Mitte sei Herr Steinlein. Der, der rechts stand, den hatte er mir nicht vorgestellt. Aber ich habe seinen Vater erkannt, der nie mein Großvater wurde, weil er zu viel geraucht hatte.

Natürlich waren die drei Männer in Uniform. Alle drei Männer hatten ganz unterschiedliche Uniformen an. Aber es ist mir auch wichtig zu erwähnen, dass ich nicht genau den Unterschied kenne zwischen einer Wehrmachtsuniform und einer SS-Uniform. Anlügen will ich Sie nicht, ich kann eine Wehrmachtsuniform zwar optisch nicht von einer SS-Uniform unterscheiden. Aber was der Unterschied ist, das weiß ich schon. Und auf diesem Foto können die Männer froh sein, dass ich den Unterschied nicht erkennen kann, sondern nur kenne. Verstehen Sie?

Wichtiger ist aber natürlich, dass Weihnachtsbaumverkäufer Paulsen nicht nur kein Interesse an dem

Tausch hatte, sondern stattdessen mit den Ohren von Art und Michel in der Hand zu Haller lief. Haller wiederum, hat mir Art erklärt, war immer schon Haller der Polizist. Bis auf eine kurze Zeit, in der er Haller der Schüler war und ungefähr in der Mitte des Klassenzimmers seinen Tisch hatte – nur einen Tisch von Steinlein entfernt, vor dem Tisch vom Schüler Strahler und auf der gegenüberliegenden Seite von Arts Vater –, war Haller nur ein einziges Mal nicht Haller der Polizist. Das war der Moment, in dem die anderen drei Männer in eine Kamera im Norden Frankreichs gelächelt haben. In dem Moment war er Haller der Fotograf.

Haller der Polizist sperrte Art und Michel bei sich zu Hause in einer Kammer ein. Er hat ihnen Armagnac und Zigaretten abgenommen und vorsorglich zwei Ohrfeigen verabreicht.

Er muss dann sowohl Studienrat Steinlein als auch Arts Vater angerufen haben. Arts Vater hat ihm später erzählt, zu welcher Einigung die Männer in der Küche der Wohnung von Haller dem Polizisten gekommen seien, und Art hat es dann viel später mir erzählt:

1. Haller der Polizist erhält die Hälfte der übrigen Zigaretten, Strahler die andere Hälfte.

2. Arts Vater kauft beim Weihnachtsbaumverkäufer eine zwölf Mark teure Nordmanntanne für fünfzehn Mark. Außerdem eine fünf Mark teure blinde Blautanne, die Michel mit nach Hause nehmen sollte.

3. Art und Michel erhalten je drei Ohrfeigen, zuzüglich der schon erhaltenen zwei.

4. Alle Anwesenden trinken auf der Stelle ein Glas Armagnac, rauchen je eine Zigarette und reden über Frankreich im Allgemeinen. Und über Nordfrankreich im
Speziellen.

5. Weihnachtsbaumverkäufer Paulsen erzählt die rela-
tiv kurze Geschichte, wie aus einem Weihnachtsbaum
im Jahr 1949 ein Holzbein wurde, und alle müssen zuhören.

Obwohl Michel mit glutroten Wangen und einem eindeutig zu teuren Weihnachtsbaum nach Hause gekommen ist, soll sein Vater nie etwas von der Geschichte mit
dem NSU Prinz erfahren haben, was, so erklärt es sich
Art, vor allem daran gelegen habe, dass der Vater von
Michel nie in diese Kamera im Norden Frankreichs gelächelt hatte.

Weihnachten gab es keine Geschenke für Art. Es war für
Art eine Strafe, keine Geschenke zu bekommen, so wie es
heute für mich eine Strafe ist, Geschenke auszupacken.

Als alle ihre Geschenke auspackten, fragte Arts Vater
Tarzan und Berti und Otto, ob sie denn gar nicht wissen
wollten, weshalb Art keine Geschenke bekomme. Aber
alle hatten ein wenig Angst um ihre Geschenke, niemand wollte gern fragen: »Warum hat Art denn dieses
Mal keine Geschenke?« Und als Antwort bekommen:
»Warum sollte er? Geschenke sind doch nicht selbstverständlich. Vielleicht bekommst du dieses Jahr auch keine
Geschenke? Vielleicht freust du dich nächstes Jahr ein
wenig mehr, wenn du dann, überraschend, wieder Ge-

schenke bekommst?« Stattdessen blieb es also still und alle klammerten sich an ihre Geschenke. Und Arts Vater sagte: »Dieses Jahr schenke ich Art unseren Weihnachtsbaum.«

Glauben Sie nicht, hm? Ich kann's in Ihrem Gesicht sehen. Ja, das ist schwierig. Ein Teil davon stimmt. Einen anderen Teil glaube ich auch nicht. Können Sie das in meinem Gesicht sehen? Wenn ich in Ihr Gesicht schaue, dann ist es manchmal, als würde ich in einen Spiegel schauen. Das stimmt. Und das, was dann passierte, das stimmt auch auf jeden Fall:

Als Weihnachten vorbei war, ist Art mit seinem Vater in eine Werkstatt gegangen. Sie haben die Nordmanntanne mitgenommen. Art musste dann aus dem Holz des Tannenbaums eine Schachtel bauen. Und sein Vater hat immer gesagt, was er alles falsch machen würde. Nicht so viel Leim! Vorsichtig mit dem Schmirgelpapier! Das muss richtig glatt werden!, so etwa, wissen Sie?

Es soll drei Tage gedauert haben, vielleicht hat Art sogar gesagt: »Es hat drei Tage und drei Nächte gedauert«, das weiß ich jetzt nicht mehr so genau. Als Art fertig war, hat sich sein Vater mit ihm ins Wohnzimmer gesetzt. Er hat gesagt, dass es sehr wichtig sei, sich zu erinnern. Und dass diese Schachtel Art helfen könne, sich zu erinnern. Dass er sich an diese drei Männer erinnern solle. Und dann hat er ihm das Foto gegeben und ihm den Unterschied zwischen den SS-Uniformen und den Wehrmachtsuniformen erklärt.

Obwohl Michels Eltern nie von dem Vorfall erfahren

haben, ist Michel von der Schule geflogen. Obwohl es bei der Begründung für seinen Rauswurf nicht um den Diebstahl von Weihnachtsbäumen ging, so hatte es doch etwas damit zu tun, dass Michel ein Auto fahren konnte, für das er keinen Zündschlüssel hatte. Art musste im Anschluss eine Therapie machen. Als er mir das erzählt hatte, verzichtete er nicht darauf zu erwähnen, dass eine Therapie zu machen damals vor allem Ohrfeigen zu bekommen geheißen habe. Was eine Therapie heute bedeutet, ich glaube, er weiß es nicht. Vielleicht weiß er es auch. Keine Ahnung.

Das ist die Geschichte. Art sagt, dass sein Vater ihm helfen wollte zu erinnern, was diese drei Männer gemacht haben, für ihn und Michel. Dass sie Art in dieser Nacht vor dem Gefängnis bewahrt haben. Glauben Sie das auch? Ich glaube das nicht. Ich glaube, dass er Art zeigen wollte, dass Erinnerungen in eine Schachtel passen. Und dass die Erinnerungen erst in der Schachtel zu Erinnerungen werden. Dass zum Beispiel dieses Foto für Arts Vater eine andere Erinnerung ist als es für Art eine Erinnerung sein wird. Und dass Erinnerungen in Schachteln gehören. Und außerdem wollte er Art unbedingt den Unterschied zwischen der SS und der Wehrmacht erklären. Um dann genau diesen Unterschied in die Schachtel über ein Säckchen mit Lavendel zu legen. Aber eigentlich hat das viel mehr mit Tarzan zu tun als mit Art. Also zurück zu Weihnachten.

4.
Onkel Berlin und die drei Frauen

Tarzan ist immer der Erste, der so richtig von früher erzählt.

»Onkel Berlin«, sagte er mit einem Stück Kaninchen im Mund, »hatte ein Schuhgeschäft in Berlin.« Tarzan sagte, dass er deshalb bei ihnen »Onkel Berlin« geheißen habe und mir wurde einiges klar. »Das war in der Mommsenstraße.« Er schluckte das Stück Kaninchen, zog mit seiner zweiten Fonduegabel ein Stück Strauß durch die Feuersoße in dem Fach für die Feuersoße auf seinem Teller. »Also damals hieß die noch anders. Und Onkel Berlin, das war ein Kommunist. Aber so ein richtiger. Der hat mit allen Ladenbesitzern in der Straße schon ganz früh eine Gewerkschaft gegründet.« Ja, das hört sich merkwürdig an, ich weiß. Aber Tarzan erklärt es dann einfach selbst: »Nun gut, wenn man es genau nehmen will, dann ist das natürlich keine richtige Gewerkschaft gewesen, weil ihm das Schuhgeschäft ja gehört hat. Und deshalb war er da nicht grad angestellt. Aber die Sache, die fand er schon gut. Und er hat jedem seiner Angestellten ein paar Schuhe machen lassen. Und dann haben sich die Arbeitgeber organisiert. Und die Arbeiter haben sich organisiert.« Er schob das Reh an seine linke Seite, den Hirsch an seine rechte Seite. »Und dann waren sie organisiert. Und irgendwann war die ganze Straße in diesen Organisationen aus Arbeitern und Besitzern. Da war dann auch wirklich egal, ob links oder rechts.« Dann machte er eine Pause und schob langsam die Feuersoße zwischen den Hirsch und das Reh.

»Und als die Menschen aus diesen beiden Organisationen dann auf einmal durch alle Straßenzüge in Charlottenburg ziehen wollten, um den Juden die Fensterscheiben einzuschlagen, da hat Onkel Berlin noch ganz lange ›nein‹ gesagt, ja, ›nein‹ geschrien und ihnen – so geht die Geschichte – einen einzelnen braunen Budapester hinterhergeworfen. Später ist er dann schon in die SS gegangen, aber ...« Und hier machte er eine Pause, die eigentlich zu lang war, um natürlich zu sein. Er goss ein wenig süße Milch auf einen Teelöffel und rührte sie in die Feuersoße ein. Dann schaute er zwischen allen Dingen, die er vor sich aufgebaut hatte, hin und her, vom Hirsch zur Feuersoße, vom Teelöffel zum Reh, weiter zur süßen Milch. Dann rieb er sich die Hände und sagte: »... er trug seine eigenen, selbstgenähten Stiefel.«

Sehen Sie, was ich meine mit der Ironie? An dem Abend haben alle darüber gelacht. Und, ich gebe es zu, ich habe auch gelacht. Tarzan erzählt die Geschichte jedes Mal zu Weihnachten, und immer lachen alle. Die Pointe kam überhaupt nicht überraschend. Man kann über die Szene lachen, wie ein Schuhmacher mit einem einzelnen Schuh nach einer Gruppe Menschen wirft. Aber hier haben alle über etwas anderes gelacht, und ich kann nicht genau den Finger drauflegen. Sie?

Erinnern Sie sich, wie ich gesagt habe, dass ich keinen blassen Schimmer habe vom kapitalistischen Wirtschaftssystem? Noch weniger als Art, aber vielleicht etwas mehr als mein alter Religionslehrer, auf den ich später noch zu sprechen kommen möchte? Tarzan weiß so viel. Und hier hat er einiges von dem erzählt, was er weiß. Er hat etwas über Schuhe und etwas über das kapitalistische Wirtschaftssystem gesagt. Er hat sich Mühe gegeben, nichts über die Nazis zu erzählen, aber er hat auch etwas über Nazis erzählt. Er hat es geschafft, nichts über Juden zu erzählen, etwas, worum er sich sicher auch bemüht hat. Aber hier stimmt etwas nicht. Und wenn es nicht an Tarzan liegt, dann liegt es vermutlich am kapitalistischen Wirtschaftssystem.

Onkel Berlin ist nicht mein Onkel, Onkel Berlin ist deren Onkel. Ich glaube, Tarzan gibt sich Mühe, Onkel Berlin nicht zu vergessen, als hätte Onkel Berlin ein Säckchen Lavendel in der Tasche. Er kauft zum Beispiel seine Schuhe nicht in einem Schuhgeschäft, sondern er lässt sich seine Schuhe anfertigen. Bei einem echten Italiener in Berlin. Tarzan weiß, wie man Schuhe pflegt. Er hat Schuhspanner aus Holz, weil nur Holz die Feuchtigkeit aus den Schuhen absorbieren kann. Er lässt seine Sohlen von Hand mit einem Rahmen vernähen, wenn er sie abgetragen hat, obwohl er behauptet, dass er es selbst besser könne, weil Berlin ihm gezeigt habe, wie man es macht. Einmal hat Tarzan eine Frau beim Schuhmacher getroffen, die sich ein paar Pumps hat machen lassen, ein Wort,

das ich nur von Tarzan kenne. Tarzan war nur zum Stö-
bern dort. Und für Kleinigkeiten, die ihm ausgegangen
waren, eine Cognac-Politur und eine schweißabsorbie-
rende Einlage mit Zimtgeruch. Während der Schuhmacher die Pumps aus der Werkstatt holte, machte Tarzan
der Frau ein Kompliment zu ihren Füßen und erzählte
ihr, dass in der arabischen Welt die Füße einer Frau gar
nicht groß genug sein könnten, dass er sich ihre Füße
gut in burgunderfarbenen Pumps vorstellen könne und
dass er sehr beeindruckt sei vom Adernmuster auf ihren
Füßen. Die Frau soll dann auf einen Sessel gefallen sein,
der zur Anprobe herumstand, und ihm neckisch ihren
Fuß entgegengestreckt haben. Neckisch ist auch so ein
Wort, das ich nur von Tarzan kenne. Und Tarzan hat gesagt: »Darf ich?« Und die Frau hat neckisch am Nagel ihres kleinen Fingers der rechten Hand gekaut und Tarzan
hat sich vor sie hingekniet, ihren Fuß in seinen Schoß genommen und die Adern mit dem Finger nachgezeichnet.
Als die Pumps mit dem Schuhmacher kamen, hat Tarzan
die Schuhe an sich genommen und auf die Füße der Frau
gezogen, die mittlerweile die Augen geschlossen hatte
und den Kopf in, wie Tarzan sagt, neckischer Genüsslich-
keit über die Sessellehne gestreckt. Der Schuhmacher
hat sich dann zu der Frau hinuntergebeugt und ihr etwas ins Ohr geflüstert, woraufhin die Frau gelacht hat,
aber nicht neckisch, sondern gemein oder, wie Tarzan
sagt, untergründig, und Tarzan war plötzlich nicht mehr
sicher, ob er ebenfalls untergründig lachen oder aber
schnell den Laden verlassen sollte, den Kragen hoch-

schlagen, zügig nach Hause gehen, die Tür verschließen, das Licht löschen, die Gardinen zuziehen und im Dunkeln auf den nächsten Tag warten.

Die Frau hat ihn an der Hand genommen und mit ihm das Ladengeschäft verlassen.

Aber er hat nie vergessen, dass dieser Schuhmacher der Frau etwas ins Ohr geflüstert hat. Tarzan wird später viele Jahre lang mit der Frage aufgewacht sein, was dieser miese Schuhmacher in das Ohr dieser Frau geflüstert hat. Er hat einige Theorien:

»Wir nehmen ihn aus. Und dann machen wir fifty-fifty.«

»Er glaubt, dass du ihn magst, der Trottel.«

»Nimm ihn mit. Später besorge ich es dir richtig auf meiner Goodyear Maschine und wir überlegen, wie wir den hässlichen Deutschen ausnehmen können!«

Aber zunächst sind sie zu Tarzan nach Hause gegangen und er hat sie geheiratet und sie haben drei Kinder bekommen. Dann ist sie gegangen, mit den Kindern und mit einer Menge an Geld, die so groß war, dass Tarzan seine Schuhe nur noch selten bei einem Schuhmacher anfertigen lassen kann.

Diese Frau heißt Naima, kommt aus Tunesien und ist die zweite der drei Frauen. Der Schuhmacher, zu dem Tarzan nie wieder gegangen ist, der hieß auf keinen Fall Berlin. Tarzan sagt, dass er das untergründige Lachen, das sie ihm in dem Schuhgeschäft gezeigt habe, immer noch hören könne, wenn ihm ein Lederschnürsenkel reißt oder wenn er vor dem Spiegel steht und eine Krawatte anprobiert oder wenn er beim Spazieren an einem orientalischen Imbiss vorbeikommt oder wenn er die Schuhe auszieht und plötzlich der ganze Raum nach Zimt riecht.

Was halten Sie von der Geschichte, Herr Gänsehaupt?
Ich glaube, sie ist ironisch, diese Geschichte. Ich glaube, nichts davon ist passiert und doch ist alles davon genau so passiert. Ich glaube, es gab diese erste Begegnung und ich glaube an den konspirativen Dritten. Aber ich glaube nicht, dass er ein einfacher Schuhmacher war. Ich glaube nicht mal, dass der echte Onkel Berlin ein einfacher Schuhmacher war. Verstehen Sie mich nicht falsch. In meiner Generation ist es recht edel, ein Schuhmacher zu sein. Aber meine Mutter hat mir erzählt, dass wenn einer ihrer Brüder mit einer fünf in einer Klassenarbeit nach Hause gekommen sei, dass mein Opa ihm dann gesagt habe, dass er sich keine Sorgen zu machen brauche, dass die Welt ja auch Schuhmacher benötige. Verstehen Sie? Ich will jetzt nicht den Aufwand betreiben, mir über den Unterschied zwischen Ironie und Zynismus Gedanken zu machen, aber ich glaube, dass der Schuhmacher, die Zimtsohlen, all das lediglich eine große, ganzheitliche und ironische Metapher ist.
Ich glaube, die Zimtsohlen stehen für die süße Knute, der sich Tarzan unterworfen hatte, vielleicht auch einfach für Zimtgeruch und den Orient, manchmal fehlt es Tarzan auch an Vorstellungsvermögen, ich will da jetzt nicht zu weit spekulieren. Die Pumps stehen für den Verrat. Warum? Weil sie weiblich sind. Weiblichkeit steht

für Verrat. Und dann gibt es den Schuhmacher selbst. Ich glaube, Sie, Herr Gänsehaupt wissen längst, dass es sich bei dem Schuhmacher in Wirklichkeit um einen Therapeuten handelt. Therapeuten sind heute nur noch selten das, wofür sie sich ausgeben. Sie etwa, Herr Doktor, ich meine, wenn Sie wirklich ein Herr Doktor sind, Sie sind ja sicher nicht nur ein Therapeut. Sie sind auch ein Kaffeetrinker, ein Autofahrer, ein Weinender, ein Schlafender, ein Studierter und ein Wohnungabschließender. Und ein Vater. Herr Gänsehaupt, ich glaube, Sie sind ein Vater.

Manchmal kommt es mir so vor, als säßen die drei Frauen mit am Tisch. Als gäbe es sechs gütige Augen, die uns beobachten, die Tarzan zuhören, die ihre Augen schließen. Die Tarzans Hand nehmen, die über Otto wachen, wenn er eingeschlafen ist. Die Berti beim Essen zuschauen und meiner Mutter zu verstehen geben, dass sie Bescheid wissen. Tarzan trägt diese Frauen mit sich, und wenn er ein Wort sagt, zum Beispiel das Wort »Goodyear-Maschine«, dann meint dieses Wort nicht nur alle Goodyear-Maschinen der Welt. Es meint auch die drei Frauen. Ja, entschuldigen Sie, ich verstehe es auch nicht richtig, ich versuche ein besseres Beispiel. Wenn Tarzan Wörter sagt wie »Darfichbittedasschwein« oder »Diemeistenwissenjagarnicht ...«, dann meinen diese Worte auch die drei Frauen. Und wenn er das Wort »Meinekinder« sagt, dann meint das Wort beinahe ausschließlich die drei Frauen.

5.
Der Dirigent

Berti dirigierte ein Mozartkonzert, das in Dresden aufgenommen wurde und jetzt aus den Lautsprechern kam. Er dirigierte sehr präzise.

Dann erzählte Berti die Geschichte, wie er einmal beim Dirigieren am zweiten Weihnachtsfeiertag im Jahr 1961 den Fonduetopf, der noch auf einem Schrank zum Auskühlen stand, mit dem alten Fett umgeworfen hat und dafür eine Ohrfeige von seinem Vater und meinem Opa kassiert hat.

Dann sprach Tarzan von einem König in Ägypten, von dem niemand genau wisse, ob es ihn wirklich gegeben habe. Dann sprach er von eingelegten Sardinen und dann von etwas ganz anderem und dann gehörten die Sardinen und der König plötzlich zusammen. Vielleicht war es auch gar kein König, sondern ein Fürst oder ein Banker, und vielleicht war es auch gar nicht Ägypten, sondern ein anderes Land oder ein Fluss.

Tarzan sagte auch die Wörter »Schiff«, »Hannibal der Dritte«, »Trabanten«, »Buchenpilz«, »Saumagen«, »Seebebauungsanlage«, »Israel«, »Fortschrittskatechismus«. Aber die Wörter meinen alle etwas ganz anderes. Die Wörter meinen alle Tarzan.

6.
Nur ein Wort

Wir haben dann noch ein Spiel gespielt.

Der Erste sagt ein Wort, dann der nächste, ganz schnell usw. Das ist immer schwierig und dauert sehr lange. Niemand mag mit vollem Mund sprechen. Aber weil alles so lecker ist, will niemand wirklich aufhören zu essen. Es ist sogar so, dass wir, weil das Fleisch in den Töpfen eine Zeit zum Garen braucht, in der Zwischenzeit Brot und Maiskölbchen in die Soßen tunken. Außerdem hatte jeder zwei Fonduegabeln, damit wir mehr Fleisch gleichzeitig zum Garen in die Töpfe ablassen konnten. So gab es im Grunde kaum Momente, in denen wir nicht gemeinsam gekaut und geschluckt hätten. Meine Mutter sagt, dass sie das gerade so schön finde beim Fondue. Dass wir etwas zusammen machen und nicht jeder einfach einen Teller hat, auf dem eine Portion Essen sei. In Wirklichkeit war es allerdings zum Beispiel so, dass sich, als Art um das Schüsselchen mit der Feuersoße bat, das am anderen Ende des Tisches stand, niemand so recht verantwortlich fühlte, um einmal nicht mit dem Wort »absichtlichüberhört« zu sprechen. Das Schüsselchen mit der Feuersoße stand direkt vor mir, aber ich war damit beschäftigt, den Hirsch in die Luft zu halten, weil kein Platz mehr auf dem Tisch war, und gleichzeitig eine meiner Fonduegabeln mit einem großen Stück Kaninchen aus dem Topf mit der Brühe zu holen. Meine Mutter hätte auch helfen können, aber die versuchte, beide Fonduegabeln gleichzeitig in unterschiedliche Soßen in unterschiedlichen Soßenabteilungen auf ihrem Teller zu tunken, um nicht mit dem Wort »dippen« zu sprechen. Das klingt einfach, aber versuchen Sie das mal mit Handschellen. Berti war auch in Reichweite der Feuersoße, aber weil er an Otto gekettet war, seine freie Hand sich an den Silberzwiebeln bediente und Otto sich mit Bertis gefesselter Hand an der Nase kratzte, war auch er über seine Kapazitäten hinaus beschäftigt. Ich weiß nicht, ob es besser oder schlechter gewesen wäre, wenn jeder nur einen Teller gehabt hätte. Mit einer großen Portion Essen. Vielleicht mit Ente oder Gans oder Rosenkohl. Waren Sie mal auf einem Empfang, bei dem es ein Buffet gab? Ich war mal auf so einem Empfang. Die Menschen standen dort um einen geschmückten Tapeziertisch herum und beäugten die Speisen, versuchten möglichst viel auf ihre kleinen Teller zu bekommen, dann standen sie an Tischen oder saßen auch mal. Dann aßen sie und während des Essens wechselten sie von Zeit zu Zeit ihren Platz, um mit möglichst vielen verschiedenen Menschen gemeinsam zu essen, um nicht mit dem Wort »nichtgemeinsam« zu sprechen. Vielleicht würde es auch reichen, wenn wir auf die Handschellen verzichteten.

Es ist also, wie gesagt, schwierig, einen Moment zu finden, in dem niemand kaut oder flucht oder etwas umwirft oder etwas wegwischen muss oder sich am heißen Fett verbrennt oder etwas ganz anderes erzählt oder jemand ganz anderem zuhört oder nach einer Soße fragt oder einen Schluck Wein nimmt oder genießt.

Deshalb spielten wir das Spiel erst, als die Bäuche beinahe voll waren. Wie gesagt: Einer sagt ein Wort und der nächste, im Uhrzeigersinn, sagt ein Wort, das dazu passt. Also im weitesten Sinne. Und ganz schnell. Aber warum erkläre ich Ihnen das Spiel, Herr Gänsehaupt, Sie waren ja auch schon dabei. Nein, nicht bei unserem Weihnachtsfest. Aber ist dieses Wortspiel nicht eines, das Sie auch mit Ihren Patienten spielen? Ich erinnere es so:

Otto: All.

Berti: Gesellschaft.

Meine Mutter: Demokratie.

Tarzan: Farce.

Ich: Walnusssoße.

Ich: Oder Moment: Weihnachten.

Art: Ich möchte nicht spielen.

Otto: Spielverderber.

Berti: Taktik.

Meine Mutter: Saudi-Arabien.

Kalle: Nur ein Wort.

Meine Mutter: Aber es wird doch mit Bindestrich geschrieben.

Kalle: Nur ein Wort.

Meine Mutter: Gestapo.

Tarzan: Immer mit der Ruhe.

Tarzan: Ruhe.

Otto: Ruhig. Ruhig. (Dann schloss er die Augen und atmete nur noch halb so oft wie vorher.)

Ich: Phänomenologie.

Art: Adenokarzinom.

Adenokarzinom, Adenokarzinom, Adenokarzinom!

Dann war das Spiel zu Ende.

Es war auf keinen Fall das erste Mal, dass wir das Wort gehört hatten, es war das erste Mal, dass es ausgesprochen wurde. Obwohl das auch falsch ist. Es war das erste Mal, dass es von Art ausgesprochen wurde. Und obwohl alle anderen das Wort ständig benutzt hatten, wenn Art nicht dabei war, klang es besonders, von Art.

Tarzan klopfte sich auf den Bauch und lehnte sich zurück. Dann lehnte er sich wieder vor und steckte seinen kleinen Finger in die Walnusssoße. Er leckt den Finger ab und sagte: »Walnusssoße, das ist so ein Wort mit drei S.«

Tarzan sagte: »Tja, so ist das dann.«

Es war so, als hätte Art alle Farbe seiner Haut und alle Kraft benötigt, um dieses Wort zu sagen. Und jetzt ist er weiß und hat keinen Bauch mehr und schwarze Ringe unter den Augen.

Ich hörte, wie ein Cornichon zwischen Bertis Zähnen knackte. Und meine Mutter hörte es auch.

Ausgesprochen schlug mir das Wort von innen gegen den Schädel, von einer Seite zur anderen, wie eine Billardkugel. Kennen Sie den Unterschied zwischen Wörtern und Worten? Klar kennen Sie den. Worte haben eine eigene Lautstärke, eine eigene Temperatur. Sie bestehen nicht aus Buchstaben, sie sind nicht geschrieben, sie sind. Worte bestehen natürlich aus Wörtern und Wörter bestehen aus Buchstaben und diese Wörter bekommen ihren Körper von Schreibmaschinen. Worte aber kriegen ihren Körper in uns.

Wir trinken Wein und dann Aquavit. Für den Magen.

6a.
Berti sagt etwas

Berti sagte, dass es irre sei, was wir so für Gespräche führten. Dass das eigentlich mal jemand mitschreiben müsse. Otto stützte seinen Kopf auf die Hände, die Ellenbogen auf den Tisch, die Augen geschlossen, beim Ein- und Ausatmen bewegte sich die Petersilie auf seinem Teller. Berti sagte, dass der Unterschied zwischen der kleinbürgerlichen Familie und der großbürgerlichen Familie ja der Chronist sei. Art sagte: »Es könnte auch die Lübecker Brotsuppe sein.« Dann stand er auf und zog ein Buch aus dem Regal. Er stand, das Buch aufgeschlagen, einen Brillenbügel im Mund, mit dem Rücken zum Raum. Es waren Gedichte von 1971, er las einige Gedichte.

Ich war sehr froh, dass Art aufgestanden war. Ich hatte Angst, dass Art nicht mehr aufsteht, wegen des Wortes. Ich hatte Angst, dass ihm jetzt, wo er das Wort gesagt hatte ... also wie in diesem Film: Mit einer bestimmten Technik zerstört die Angreiferin das Herz ihres Opfers so spezifisch, dass der angegriffene Bill nur noch sieben Schritte gehen kann, bis er stirbt. Er weiß, dass sein Herz kaputt ist, und dann geht er sieben Schritte und fällt um. Ziemlich blöde Szene. Aber in dem Moment, da dachte ich: Jetzt hat Art das Wort gesagt und damit seine sieben letzten Schritte eingeleitet. Und er benutzt die sieben Schritte, um zum Bücherregal zu gehen und einen Lyrikband zu lesen. Na ja, ziemlicher Quatsch halt.

Nachdem er das Buch zurückgeschoben hatte, ging er auf die Toilette. Ich weiß nicht, was er da gemacht hat. Aber ich glaube, er schaute in den Spiegel. Ich glaube, er drückte mit den Fingern gegen seine Wangen und spürte das Wasser im Gewebe. Er findet nicht, dass er ein Mondgesicht hat. Dann sagte er es dem Spiegel: »Du hast kein Mondgesicht!« Er nahm sieben Tabletten. Ich glaube, dann spuckte er das Reh und die Remoulade, Silberzwiebeln, Cornichons, Würstchen, Walnusssoße, Wein und Aquavit, Kapern und Oliven und sieben Tabletten in die Kloschüssel.

Er schaute noch mal in den Spiegel. Er spülte sich den Mund aus und nahm noch einmal die gleichen sieben Tabletten. Dann stand er einen Moment vor der Tür, bevor er aufschloss und sich zurück an den Tisch setzte. Natürlich kann er auch ganz normal auf Toilette gegangen sein. Aber seine Hände zitterten in den Handschellen, als er zurückkam. Die anderen stritten über die rote Grütze. Nicht, ob sie gut ist. Oder wer zuerst bekommt. Sondern ganz allgemein. Art versuchte ein Lächeln, meine Mutter schaute vorwurfsvoll oder besorgt.

Art schlug seine Beine unter dem Tisch übereinander. Er rupfte sich etwas Hornhaut von den Fingern und nickte zustimmend zu einer Theorie, die Tarzan offerierte.

Hornhaut ist kaputte Haut. Kaputte Haut ist eine Präkanzerose.

Nebennieren sind Nebennieren. Bis sie Krebs sind. Art schaute aus dem Fenster, seine Fonduegabel steckte er in ein Stück Fleisch vom Huhn.

Ich ging mit Otto und Berti zum Rauchen auf die Terrasse. Otto raucht nicht. Aber wegen der Handschellen musste er mit raus.

Die Glut meiner Zigarette brannte ein Loch in die Kälte.

Otto stand auf der Terrasse, den Kopf in den Nacken gedrückt, und versuchte, mit dem Mund Schneeflocken zu fangen.

Und weil niemand redete und mir auch nichts einfiel, konnte ich wieder nicht anders, als an Art zu denken. An Art und sein Wort, Adenokarzinom. Es ist nicht so, dass ich gar nicht wusste, was es bedeutet. Es ist nicht so, dass ich gar nicht wusste, warum Art das Wort gesagt hatte. Aber ich versuchte, andere Bedeutungen auszumachen. Er könnte sich versprochen haben. Oder ich mich verhört. Vielleicht hatte er Abendbrot gesagt. Oder Andenabendbrot oder Athenokarsiom. Und wenn nicht, ist ein Adenokarzinom vielleicht nicht immer gleich schlimm? Ich stellte mir vor, wie ein Arzt zu Art sagt: »Gute Nachrichten, es ist nur ein Adenokarzinom!« und wie Art erleichtert im Behandlungszimmer ausatmet, die ganze Luft, die er noch in den Körper bekommen hatte. Dann rauchte ich weiter und versuchte das Wort zu vergessen. Aber ich kann das Wort bis heute nicht vergessen.

Wir trinken Schnaps und sagen: »Prost.« Wir lehnen uns gegen die Stuhllehnen und stöhnen, wir schließen die Augen und sagen nichts. An der Tür sagen wir »Hallo«, wir sagen »wie geht's« und »du«, wir sagen »hast du schon«, »Imitationen im Tierreich«, »Untersuchung«, »Auswertung durch unabhängige Institutionen«, »Rehrücken«, »Waldspaziergang«. Im Wald lauschen wir einer Sprache, die es nicht gibt. Aber wir sagen, dass das die Sprache des Waldes ist. Wir fallen und stolpern und zeigen auf unsere Wunden, die etwas ganz anderes zeigen. Wir essen zusammen und sagen »Walnusssoße«. Wir haben Bauchschmerzen und sagen, dass das lecker war, aber wir meinen etwas ganz anderes. An der Tür sagen wir »Hallo« und dass das sehr lecker wird. Aber wir meinen etwas ganz anderes.

7.
Die Familie

Wir gedenken auch unserer Vorfahren, wir gedenken der drei Frauen, wir gedenken Oma, des Jahres, der Jahre davor. Wir gedenken nie meines Vaters, den ich nicht kenne und dessen ich nicht gedenken kann.

Unter meinen Augen reißt die Haut ein wenig auf. Arabische Schatten unter den Augen sind nicht schön, meine Mutter findet sie schön. Die dunklen Stellen sind die Geschichten, die deine Augen speichern. Deshalb sind es auch arabische Schatten.

Deine Schatten, deine Vorfahren. Niemand sagt es. Alle denken es. Mindestens denke ich, dass es alle denken.

Wir gedenken der Familie.

Und irgendwie gedenken wir auch der Arnelodds.

Tarzan erzählte, dass er aufgehört habe, sich die Zähne zu putzen, weil er nicht ans Zähneputzen glaube. Zahnseide, das verstehe er, denn damit könne er ja die Essensreste erst aus seinen Zahnzwischenräumen und dann aus seinem Mund holen. Dass die Menschen ja schließlich auch gut ohne Zahnbürsten hätten überleben können, sagte er, etwas aufgeregt. »Nicht allzu lang«, sagte Berti, aber niemand hörte ihn. Früher habe man auch nur die Sehnen der geschlachteten Büffel genommen, um sich damit die Zahnzwischenräume zu reinigen. Als ob wir uns wirklich die Zähne putzen müssten. Dass das ein riesiger Markt sei, sagte Tarzan. Ich gab zu, dass Tarzan nicht aus dem Mund stank. Der Markt, das sei das, was immer zähle. Und Geld regiere die Welt, das hat Tarzan gesagt, Geld regiert die Welt. In meinem Kopf saßen einige 100-Euro-Scheine an einem Konferenztisch und bekamen Mineralwasser von 5-Euro-Scheinen serviert. Aber Tarzan war noch nicht fertig. »In Auschwitz zum Beispiel«, fing Tarzan wieder an, aber Art unterbrach ihn. »Hm«, sagte Art, »ja.« Er hatte ihn nicht unterbrochen, weil er glaubte, dass das stimmen würde, sondern weil er fand, dass Tarzan für den Moment genug gesagt hatte. Das Tarzan vielleicht sogar mindestens ein Wort zu viel gesagt hatte.

Ich würde die Redeanteile zu Weihnachten so einschätzen:

Otto 0 %
Art 5 %
meine Mutter 5 %
Berti 78 %
Tarzan 103 %
Ich 62 %

Das ist paradox, ich weiß. Dafür gibt es aber eine Erklärung. Es wird nicht alles, was geredet wird, auch gehört. Außer von meiner Mutter, die immer ganz genau zuhört. Die Höranteile sind natürlich subjektiv. Aus meiner Perspektive sind die Höranteile so verteilt:

Otto: 70 %
Art 98 %
meine Mutter 100 %
Berti 62 %
Tarzan 42 %
Ich 100 %

Aus Tarzans Perspektive verteilen sich die Höranteile so:

Otto 100 %
Art 100 %
meine Mutter 100 %
Berti 100 %
Tarzan 0 %
Ich 100 %

Und so weiter und so fort. Und dann wird nicht alles am Tisch gesprochen, vielleicht ist die genaue Verteilung auch zu kompliziert für ein paar Listen. Mit allen Nebengesprächen und nonverbaler Kommunikation. Wittgenstein soll ja etwas über Listen gesagt haben, aber ich weiß nicht mehr, ob er pro oder contra Listen war.

Art hat mir zum Beispiel vorher auf der Terrasse einen seiner Träume erzählt. Im Traum habe er auf dem Sofa gelegen und keine Beine mehr gehabt. Auf dem Tisch habe eine Blechschale mit Glasscherben gestanden. Dann soll es ein Erdbeben gegeben haben und die Glasscherben sollen so über den Boden der Blechschale gekratzt haben, dass es sich wie ein Orchester des Schreckens angehört habe, das aus verstimmten Höllengeräten sein Requiem angestimmt habe.

Früher habe er mehr geträumt. »Früher habe ich mehr geträumt. Und in den Träumen sei mehr passiert. Gedichte sind keine Träume«, hat er gesagt.

»Hm«, sagte Art noch mal.

Dann leise: »Locken fallen anmutig, aber sie fallen.« Wissen Sie, was das heißen könnte? Vielleicht habe ich es auch falsch verstanden. Vielleicht hat er auch etwas anderes gesagt. »Mücken wallen am Musik, aber sie wallen.« Andererseits ist das ja noch größerer Quatsch. Aber weil Art es gesagt hat, muss ich die ganze Zeit darüber nachdenken. Art sagt so wenig, und wenn er was sagt, dann höre ich genau zu.

Ich kenne Art nur mit zwei Händen, die so groß sind, dass das Weinglas in sie hineinfällt. Alles, was Art hält, fällt in ihn hinein, mich hat er früher, als ich Kind war, in die Luft geworfen, dann hat er mich aufgefangen und dann bin ich in ihn hineingefallen. Es gab eine Zeit, da war ich kleiner, da konnte Art mich noch hochwerfen. Aber ich war damals Kind, genauso wie ich heute Kind bin. Ich bin Kind, mein Alter spielt keine Rolle. Ich werde Kind sein, für immer, Tarzan erwachsen, Otto und Berti werden Brüder sein, vielleicht mehr als Brüder, ich Neffe. Oma bleibt Oma, Mama bleibt Mama, Oma ist Mutti für alle Erwachsenen, die drei Frauen bleiben die drei Frauen, Berti ist Bruder und Onkel und Erwachsener, und ich bleibe Kind, bis alles vorbei ist.

Weil die Familie ist Oma, die tot ist. Sie ist Art, Tarzan, Berti, drei Frauen, meine Mutter und ich. Sie ist Hirsch und Schwein und Walnusssoße, sie ist die Geschichte meiner Geburt, die erzählt wird zu Weihnachten, zweimal oder dreimal, jedes Mal. Sie ist ein Haus in Blankenese, das es nicht mehr gibt, dessen Terrasse und der Blick auf die Terrasse der Arnelodds. Die Arnelodds gibt es nicht mehr, die Terrasse gibt es, den Blick auf die Terrasse nicht. Opa ist nicht die Familie, aber die Erinnerungen an Opa sind die Familie, die Erinnerung, wie er einmal 2000 Kilo Kohlen bestellt hat statt 200 Kilo. Wie er einmal einem Hasen das Fell über die Ohren gezogen hat, wie er Berti mit dem Löffel auf die Hand geschlagen hat, dass Berti sich einen kleinen Finger brach. All das ist Familie, aber er nicht, Opa nicht, der ist vor meiner Geburt gestorben. Nicht einmal das Wort »Opa« ist Familie, nur das Wort »Vater«. Remoulade mit Kapern ist Familie. Sie ist nicht das alles minus Art. Sie ist auch nicht das alles mit Art, der tot ist.

»Kinder«, sagte Tarzan, »man kann nicht ohne sie und man kann sie nicht zurückstopfen.« Meine Mutter warf eine Silberzwiebel nach ihm.

Ich glaube, ich könnte jetzt ein Glas Wasser vertragen. Haben Sie ein Glas Wasser für mich? Ich nehme mir einfach ein Glas Wasser aus der Küche, ja?

8.
Als die alle klein waren

Danke für das Wasser.

Wir gedenken also der Kindheit. Tarzans und Arts Kindheit in Blankenese, der Kindheit einer Mutter in einem Bett, in dem sie einen Großteil der Zeit verbrachte, weil sie als Kind keine Knochen hatte oder keine Gelenke, irgendeine Krankheit, die sich aber ausgewachsen hat. »Ausgewachsen« ist ein Wort, das Tarzan dafür benutzt. »Geheilt« sagt meine Mutter dazu. Ich weiß einiges über diese Kindheit. Möchten Sie es hören? Ich verstehe schon, dass so ein Therapiegespräch nicht ohne meine Vergangenheit auskommt. Ich komme ja auch nicht ohne meine Vergangenheit aus.

Diese Kindheit muss eine andere gewesen sein als meine. Ich habe ja schon gesagt, dass meine Mutter die ersten Jahre ihres Lebens fast immer ans Bett gefesselt war. Sie hatte eine sehr seltene Krankheit, bei der Betroffene ohne Knochen im Körper geboren werden. Erst in der Pubertät wachsen Knochen nach, Schienbeine, Zehen, Becken, alle Knochen, ohne Ausnahme, dafür eben sehr schnell und schmerzhaft. Danach befinden sich die Knochen dort, wo die Knochen hingehören. Und sie funktionieren im Körper. Die Betroffenen müssen dann nur noch Laufen lernen und sind geheilt. Es kann vorkommen, dass es hier und dort noch zu Knochenüberwüchsen kommt, die chirurgisch entfernt werden müssen, wie ein riesiger Zeigefinger oder drei große Onkels. In der Zeit, in der meine Mutter noch keine Knochen hatte, haben ihre Brüder sie überall hingetragen. Auch in die Schule oder ins Theater. So war meine Mutter seltener ans Bett gebunden. Sie haben dafür ein Glas benutzt, das, so geht die Erzählung, wie ein Cognacschwenker ausgesehen haben soll, nur viel größer. Sie haben meine Mutter da hineingegossen. Aber Kinder sind eben auch grausam, das sagt man ja, und meine Onkel haben meine Mutter geärgert. Sie haben sie nachts im Glas herumgewirbelt, wie Cognac eben in einem Cognacschwenker. Die Betroffenen verlieren ihre Kindheit. Natürlich können sie, die Betroffenen, als geheilte Erwachsene alles machen, was sie als Kind verpasst haben. Sie können etwa noch einmal von vorne den Körper kennenlernen. Sie können spüren, wo sie genau anfangen und wo sie genau aufhören. Meine Mutter erzählt zum Beispiel häufig, wie sie als junge Frau einmal laufen musste, um den Bus noch zu bekommen. Dabei ist sie so schnell gelaufen, dass ihre Beine den Bus noch erwischt haben, der Rest von ihr aber auf den nächsten Bus warten musste. Oder wie sie einmal den Mond mit dem Fuß getreten hat. Aber Erinnerung ist keine Erfahrung und Erfahrungen sind nur Erinnerungen, denken Sie nicht? Und den Familien der Betroffenen, in diesem Fall also den Paschens, wird von den Ärzten geraten, keine Fotos vom Kind zu machen, solange es noch keine Knochen hat. Und wenn das Kind dann Knochen hat, soll in der Familie nicht über die Zeit gesprochen werden, in der das Kind noch keine Knochen hatte. Damit das, was die jungen Patienten durchleben mussten, irgendwann aus den Erinnerungen verschwindet. Und mit den Erinnerungen die Erfahrungen. Studien haben wohl gezeigt, dass es durchaus möglich wäre, ein normales Leben zu führen, wenn bloß die Kindheit der Betroffenen aus der Erinnerung verschwinden würde. Und meine Familie hält sich daran. Wenn meine Mutter nachfragt, wie es denn war, damals, dann antworten ihre Brüder, ja, es war eigentlich ganz normal, vor den Fenstern lagen noch die Trümmer vom Krieg, wir mussten uns ein Zimmer teilen, Oma war es sehr wichtig, dass Frauen eine gerade Scheibe Brot abschneiden konnten, weil das etwas über den Charakter einer Frau aussagt, unser erstes Auto war ein Renault R4, jeder in der Familie hatte Knochen, alles ganz normal halt. Heute fragt meine Mutter nicht mehr. Weil sie es selbst vergessen hat. Der Prozess scheint zu funktionieren. Aber mir fällt es von Zeit zu Zeit noch ein.

Wie die Krankheit heißt? Was weiß ich. Ich meine, Sie glauben doch nicht wirklich, dass es diese Krankheit gibt, oder? Reicht es Ihnen denn nicht, wenn ich Ihnen sage, dass wir jedes Jahr zu Weihnachten unser Essen mit Handschellen einnehmen, um dieser Zeit zu gedenken, die wir eigentlich vergessen möchten? Sie machen sich vielleicht einen Knoten in ein Taschentuch, um etwas nicht zu vergessen. Obwohl, das hat eigentlich nichts damit zu tun. Ganz im Gegenteil. Vergessen Sie das.

Ich verstehe auch gar nicht so recht, weshalb Sie sich

so für die Kindheit meiner Familie interessieren. Das ist ja eine Generation, und über Generationen gibt es ja auch Bücher. Wenn es Sie so sehr interessiert, dann lesen Sie doch einfach ein Buch. Oder erinnern Sie sich, Herr Gänsehaupt. Vielleicht gibt es da ja etwas in Ihren Erinnerungen, einen Knoten im Taschentuch vielleicht, Herr Doktor, vielleicht können Sie sich erinnern?

Meine Kindheit hingegen, immer wenn ich an meine Kindheit denke, dann denke ich an Mittagessen. Meine Mutter hat gesagt, dass Kochen etwas Sinnliches sein sollte. Dann hat sie Nudeln gekocht und Hackfleisch in die Pfanne gelegt. Nach zwanzig Minuten hat sie alles zusammengekippt. Sie hat mir gesagt, dass ich doch die dicken Kinder sehen würde, die Cola trinken, ob ich denn auch so dick werden wolle.

Und in den Kindergarten hat sie mir Müsli mitgegeben, in einer Tupperdose. Und die Milch war eben schon drin, und als es Zeit war für das Mittagessen, habe ich das Müsli in die Toilette geschüttet. Das war das sinnlichste Erlebnis, das ich hatte. In meiner Kindheit.

Darüber haben wir Weihnachten übrigens gesprochen.

»Na ja«, sagte meine Mutter, »wenigstens war ich nie peinlich.«

Ich sagte: »Ja, das stimmt«, und erinnerte mich, wie ich mit meinem Freund Christian und seiner Mutter und meiner Mutter in den Urlaub nach Dänemark gefahren bin.

Christian und ich reichten gerade so bis zur Kofferraumöffnung des Autos meiner Mutter. Christians Mutter fährt nicht mit dem Auto. Im Kofferraum haben acht Rollen Klopapier gelegen und Christians Mutter hat gefragt, ob ihrer, und damit hat sie mich gemeint, denn auch so gerne scheißen würde. »Ja«, hat meine Mutter gesagt, »meiner geht auch gerne scheißen.« Ich habe eine Rolle Klopapier aus dem Auto genommen und angefangen, das Papier abzurollen. Christian stieß einen Stock in den Sand. Ich rollte das Klopapier ab und dann das der nächsten Klopapierrolle und das der nächsten bis ich alle acht Klopapierrollen abgerollt hatte. Und meine Mutter hat gefragt, was ich damit vorhabe. Ich habe gesagt, dass sie das schon sehen werde. Als ich fertig war, bin ich zum Strand gegangen. Ich weiß nicht, ob die beiden Mütter das Papier weggeräumt oder schnell das Auto umgeparkt haben.

9.
Die Arnelodds sind sicher auf ihre
Weise auch das, was sie sind

Jetzt erzähle ich Ihnen, wen wir in unsere Mitte lassen, zu Weihnachten. Viele und die Arnelodds. Die Arnelodds waren vor dem Krieg neun und sind jetzt sechs, die Mühlers waren vor dem Krieg sieben und sind jetzt sechs, die Grünwalds waren vor dem Krieg vier und sind jetzt eins, die Hammerbachs waren vor dem Krieg fünf und sind jetzt sechs. Die Weißenfels waren vor dem Krieg sechs und sind jetzt null und die Kämmerlings und die Rosenfelts und die Katterings waren schon vor dem Krieg null und sind jetzt immer noch null. Über die Weißzahns, die Tollerbachs und die Bohnenkrauts sind vorläufig, aber auch endgültig, keine Zahlen bekannt. Die Paschens waren vor dem Krieg zwei, sie werden neun und sind heute achtunddreißig, mit Art.

Als die Arnelodds sechs wurden, zogen sie in ein Haus in Blankenese, von dessen Terrasse sie in die Küche der Paschens schauen konnten. Und natürlich konnte man auch von der Küche der Paschens auf die Terrasse der Arnelodds schauen. In die eine Richtung wird geschaut und in die andere Richtung wird erzählt. Bemerkenswert ist auch, dass es sich keinesfalls um das Haus der Arnelodds handelte, sondern vielmehr um das Haus der Arnelodds, der Bergers, der Siefersens und der Pucks, die, obwohl sie zu einem Zeitpunkt nach dem Krieg schon wieder drei waren, mittlerweile nur noch null sind. Und auch das Haus der Paschens war in Wirklichkeit nicht das Haus der Paschens, sondern das Haus der Paschens, der Bisenbenders und der Vogels, denen die Paschens nur mit gesenktem Blick entgegentraten. Die Biesenbenders waren vor dem Krieg sieben, nach dem Krieg drei und heute habe ich keine Ahnung. Aber mindestens acht. Die Vogels waren vor dem Krieg fünf, während des Krieges nicht auffindbar und nach dem Krieg nur noch drei.

Obwohl es nach dem Krieg kein Geld und keine Häuser in Hamburg gab, stehen die Häuser in Blankenese auf altem Geld. Das ist so ein Spruch.

Die Arnelodds feiern Weihnachten mit einer Gans. Sie schmücken ihren Baum nicht und sie sind eben die Arnelodds. Es gab einen Vorfall an einem Sonntag irgendwann in den Sechzigern. Er hatte sich während eines Frühstücks auf der Terrasse der Arnelodds ereignet und wurde aus dem Küchenfenster der Paschens beobachtet. Dabei ist ein Arnelodd mit dem Buttermesser in die Marmelade gegangen. Ein weiterer Vorfall ereignete sich nur ein paar Wochen später. Dabei hat Herr Arnelodd sein Ei nicht gepellt, sondern wiederum mit dem Buttermesser geköpft. Und nach einem weiteren Vorfall beim Bäcker, bei dem Frau Arnelodd die Bäckerin darum gebeten hatte, ihr das Brot zu schneiden, wurde das Wort »Arnelodd« nicht mehr in seinem ursprünglichen Sinne gebraucht. Von da an, wenn Berti die Marmelade vom Brot auf das Tischtuch gefallen war, nannte Oma ihn einen

Arnelodd. Oder wenn Otto die Ellenbogen auf den Tisch legte oder wenn Art den Mund zum Suppenlöffel führte anstatt den Suppenlöffel zum Mund oder wenn Opa am Tisch furzte, was er scheinbar von Zeit zu Zeit tat, dann waren sie Arnelodds.

Herr Gänsehaupt, hier gibt es die preisgünstigste Ironie zu beobachten, die ich kenne, die einfältigste, die schwächste Form. Weil das alles im Haus der Paschens stattfand und Oma trotzdem alle Arnelodds genannt hat. Da passiert nicht viel.

Herr Arnelodd ist übrigens Schuhmacher gewesen. Und Frau Arnelodd hat etwas studiert, aber ich weiß nicht mehr, was. Sie arbeitete in einem Labor. Und die Kinder waren grazil und schön. Wir Paschens haben die Unterkiefer von Fleischessern.

10.
Zahnärzte sind keine Ärzte

Nur eine Woche vor Weihnachten hatte ich eine Operation am Zahn. Ich war die gesamte Behandlung über wach und habe alles mitbekommen. Der Arzt hat mir ein blaues Tuch über das Gesicht gelegt und in diesem blauen Tuch war ein Schlitz, durch den der Zahnarzt operiert hat.

Sie wissen ja, wie ein Zahn aussieht. Es gibt die Krone und dann gibt es die Wurzeln und die Wurzelkanäle. In den Wurzelkanälen sind die Nerven. Und irgendetwas davon war bei mir entzündet.

Weihnachten konnte ich nur auf einer Seite kauen. Obwohl mein Zahn, die Krone, die Wurzel und die Nerven wieder heil waren, hatte ich Angst, auf der anderen Seite zu kauen. Als hätte ich ein neues Spielzeug im Mund, das ich nicht abnutzen wollte. Das lag auch an einem Missverständnis. Der Zahnarzt hatte gesagt, dass die Krone jetzt künstlich sei, und zwar aus Keramik, das sei das beste Material. Und ohne dass ich groß drüber nachgedacht hätte, ist auf dem Weg vom Zahnarzt in meine Wohnung aus dem Wort »Keramik« in meinem Kopf das Wort »Porzellan« geworden und ich hatte Angst, meine neue Krone aus Porzellan kaputt zu machen.

Na ja, Sie ahnen es: Wir haben dann von meiner Zahnoperation gesprochen. Berti sagte, dass man Zahnärzten

ja eigentlich nur trauen solle, wenn auf dem Praxisparkplatz kein Porsche parken würde, worauf Art entgeg-
nete, dass er einem Zahnarzt eigentlich nur vertrauen
würde, wenn mindestens ein Porsche auf seinem Praxisparkplatz parke, eher zwei, vielleicht noch einer für die
Zahnarzthelferin. Meine Mutter hörte zu. Berti sagte,
dass das auf keinen Fall ein besonders gutes Zeichen sei,
vielmehr sei zu beachten, dass kein Miró-Druck in einem
Ikea-Rahmen im Wartezimmer hänge. Worauf Art sagte,
dass er eigentlich Zahnärzten dann besonders vertraue,
hinge zu dem Miró-Druck im Ikea-Rahmen auch noch
ein 15 Jahre altes Poster zu einer Ausstellung von Ton-
scherben im Völkerkundemuseum. Berti kratzte sich am
Kinn, erwischte etwas Feuersoße mit dem Zeigefinger
und leckte dann den Zeigefinger ab. Er vertraue Zahnärzten nicht, zumindest den meisten, weil sie sandge-
strahlte Glastüren mit floralen Mustern in ihrer Praxis
verwendeten.

Tarzan holte tief Luft und sagte dann, dass auf dem
Praxisparkplatz mindestens ein Maserati XC stehen
solle, vielleicht sogar ein Mercedes SL Cabriolet Bau-
jahr 1988, damit beweise der Zahnarzt ein wenig Stil. Es
gebe, sagte er, einen fundamentalen Unterschied zwischen schaffendem Gewerbe und raffendem Gewerbe.
Ich sagte an dieser Stelle übrigens nicht, dass mir das
bekannt vorkomme, ich aber glaubte, dass er da etwas
durcheinandergebracht habe. Nichts könne seiner Meinung nach besser belegen, erzählte Tarzan weiter, dass
der »Arzt« (da hat er Gänsefüßchen in die Luft gemalt)

eine tiefe Scham verspüre, einer derart stümperhaften und gierigen Profession nachzugehen, als wenn er sich beim Autokauf für ein besonders stilvolles Modell entscheide. Außerdem solle auch kein Lichtenstein im Wartezimmer hängen. Wenn die Gattin des »Arztes« (wieder: Gänsefüßchen in der Luft, Herr Gänsehaupt, es gibt also doch eine noch niedrigere Form der Ironie) Aquarelle male, dann sollten diese auch im Wartezimmer hängen. Das sei ein weiterer Beweis für die Leere seines Lebens, für die er sich bei seinen Patienten auf diese Weise und auf Kosten seiner Gattin entschuldigen wolle. Und nur ein solcher Zahnarzt könne gewissenhaft arbeiten, nur ein solcher Zahnarzt wisse um die Verkommenheit seines Berufsstandes und wisse, dass er den Diebstahl am Volke durch etwas wiedergutzumachen habe. Er selbst habe das Zähneputzen ganz aufgegeben, sagte Tarzan. Was er verstehe, sei Zahnseide, aber das Zähneputzen, da habe er den Betrug gewittert.

Meine Mutter, die sehr genau zugehört hatte, sagte, dass er das schon erzählt habe, worauf Tarzan einen Schluck Wein trank, so als habe er meine Mutter zwar nicht gehört, aber ohnehin aufhören wollen zu sprechen.

Art sagte, dass eine Wurzelspitzenresektion ein besonders raffiniertes Verfahren sei, bei dem in den Kiefer geschnitten würde, um den Zahn von der falschen Seite behandeln zu können. Meine Mutter, der es, und ich kann es nur annehmen, schwerer fiel zuzuhören, sagte, dass es doch hoffentlich die richtige Seite gewesen sei, die der »Arzt« behandelt habe.

Und an dieser Stelle möchte ich mit Ihnen nochmals über Humor sprechen. Als meine Mutter das gesagt hatte, da hat niemand gelacht. Sie hat es übrigens weder zu mir gesagt noch zu Art. Sondern zu allen. Finden Sie das lustig? Klar, der Witz ist, dass die richtige Seite des Zahns eigentlich immer die falsche Seite ist. Das ist ja auch ironisch.

Jedenfalls warf Tarzan ein, dass die Wurzelspitzenresektion eine Erfindung alter Schifffahrtsärzte gewesen sei, wegen des Skorbuts.

Weil er das mit dem Skorbut nicht weiter ausführte, dachte ich, dass er es vielleicht nur behauptete, um ein Wort mit drei ›f‹ zu benutzen.

»Damals«, sagte jetzt Berti, »haben die Ärzte mit einem Dolch in das Zahnfleisch gestochen und dann einfach Rum in die Wunde gekippt.« Otto schnarchte leise, und aus seinem offenen Mund fiel ein Stück Strauß zurück auf den Teller.

Tarzan sagte nicht, dass das natürlich völliger Quatsch sei, dass es nämlich ganz anders sei. Zumindest noch nicht. Art setzte an, etwas zu Berti zu sagen, stand aber stattdessen auf und holte ein Blatt Papier und einen Stift. Er zeichnete auf, was bei der Operation passierte. Ich habe die Zeichnung mitgebracht:

Berti, der sich die Zeichnung genau anschaute, sagte, dass das ja nur die alte Technik sei, dass es seit einiger Zeit eine neue Technik gebe, die nebstdem, neu zu sein, weitere Vorteile habe. Die moderne Version dieser Operation sehe etwa so aus:

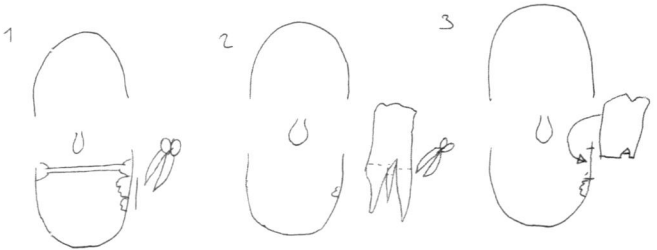

Tarzan sagte, dass das natürlich völliger Quatsch sei, dass es nämlich ganz anders sei, dass es nämlich vielmehr so aussehe:

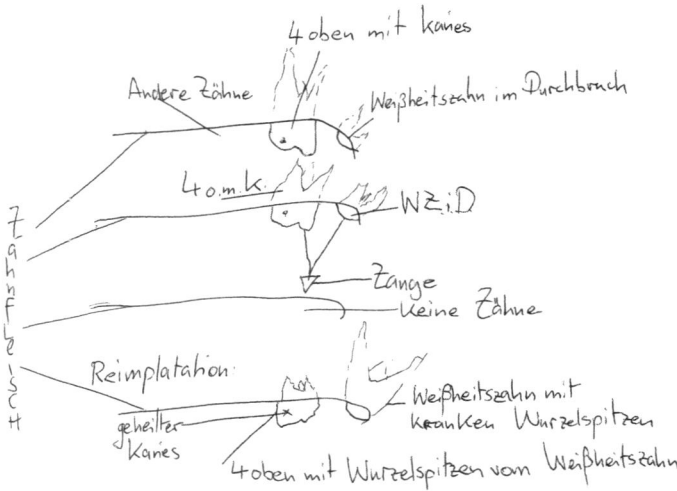

Art, der die Zeichnungen nebeneinandergelegt hatte, überlegte eine lange Zeit. Er drehte die eine Zeichnung, faltete die andere, legte die dritte über die zweite und hielt sich ein Auge zu. Dann sagte er: »Wäre es nicht viel besser so?«

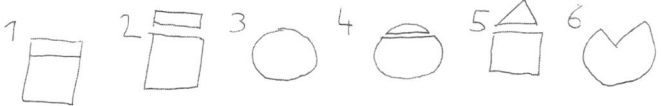

Berti griff so abrupt nach der Zeichnung, dass er Otto an seinem Handgelenk völlig vergaß und ihn mit der Wange durch das Fach mit der Currysoße zog. Dass das eine besonders gelungene Idee von Art sei, sagte Berti, dass es dafür durchaus auch einmal einen Nobelpreis geben könne und dass er, Berti, noch folgende Erweiterung vorschlage:

Ja, das sind die Zeichnungen. Alle haben gelacht. Nur meine Mutter hat zugehört und Otto ist sofort wieder eingeschlafen, mit einem Klecks Currysauce an der Wange. Und ich habe mich gewundert. Aber nicht lange. Kennen Sie den Unterschied zwischen rätselhaft und geheimnisvoll? Ein Rätsel kann man lösen und dann verschwindet es. Das einzige Geheimnis, das übrig bleibt, ist das des verschwundenen Rätsels. Aber ein Geheimnis ist ein Geist. Rätsel finde ich langweilig und Geister gibt es nicht.

11.
Von Wein und Deutschland

Was ich in diesem Jahr über Wein gelernt habe?

1. Riesling kommt aus Deutschland.
2. Je mehr Sonne die Trauben bekommen, desto weniger sauer ist der Wein später.
3. 1. und 2. sind keine besonders interessanten Fakten.
4. Rotwein kommt nicht aus Deutschland.
5. Obwohl sowohl Riesling nicht aus Deutschland als auch Rotwein sehr wohl aus Deutschland kommen kann, ist es eben wichtig, dass man Punkt 1. und 4. über Wein weiß, weil:
6. Was man über Wein weiß, weiß man immer auch über Deutschland.
7. Riesling hat einen sehr mineralischen Geschmack. Der mineralische Geschmack kommt vom Boden. Der mineralische Geschmack steigt aus der Erde über den Rebstock in die Trauben und bleibt im Saft. Dann wird der Saft zu Wein und der mineralische Geschmack steigt aus dem Saft in den Wein.

Tarzan hielt den Pappkarton vor seine Augen. Er ist sehr weitsichtig und Art fragte, ob sein Arm nicht lang genug sei. Das ist wieder dieser Humor.

Er schätzte dann alles ein. Er schätzte die Sonne ein, die in diesem Jahr in Rheinland-Pfalz auf die Felder gefallen ist. Er schätzte den frühen Frost ein. Er erzählte von einem neuen Pflanzenschutzmittel, das die Trauben verkürze. Er zog eine Parallele zu Contergan und schätzte ein. Er schätzte, dass die Ernte zwar magerer, der Geschmack der verkürzten Trauben aber intensiver am Stock ausgebaut werden könne. Er schätzte den Weinverbrauch der Deutschen und wusste vom Bierverbrauch der Deutschen zu berichten. Der eine sei höher als der andere. Aber der Alkoholverbrauch sei höher bei den anderen als bei den einen. Er schätzt ein und erläutert und erklärt. Trauben sind weiß, bis sie rot sind. Und rote Trauben sind innen weiß. Und Oliven sind zu früh geerntete Trauben. Die schwarzen Oliven sind gefärbt, mit der Maische von rotem Wein. Maische sei der Abfall der Trauben, aber man könne guten Traubensaft daraus machen oder Olivenöl. Je nachdem, welches Produkt gerade den höheren Preis einbringe. Ich kann nicht sagen, dass ich in diesem Jahr viel über Wein gelernt hätte. Weinanbau sei ein Meisterwerk, sagte Tarzan, aber kein Hexenwerk. Es gebe einfach Regeln und diese Regeln müsse man beachten, dann könne das im Grunde jeder.

Tarzan, der zwar kein Winzer ist, aber durchaus ein Buch über den Weinanbau gelesen hat, versicherte, dass es keinen Jesus brauche, um Wasser zu Riesling zu machen, sondern nur einen Tarzan und vielleicht dieses Buch, das er gelesen habe.

Was ich in diesem Jahr über Deutschland gelernt habe:

Riesling aus Deutschland zu trinken ist Teil von dem, was wir Deutschland nennen.

Nicht die Bratensoße vom Teller zu schlürfen scheint Deutschland zu sein, obwohl das für die meisten Länder gilt. Es dann aber doch zu tun und zu sagen: »Das macht man natürlich eigentlich nicht!« scheint besonders Deutschland zu sein.

Die Geschenke vor dem Essen auszupacken ist Deutschland, sie danach auszupacken ist allerdings auch Deutschland.

Einen Arnelodd einen Arnelodd nennen, das ist Deutschland.

Eine Terrasse in Blankenese, ein Schulbus in Algerien, Pommes im Freibad, ein Prinz NSU und Auslandreportagen. Kriminalfilme, in denen man am Ende die Motive des Täters nachempfinden kann. Und das Hambacher Schloss. Das Hambacher Schloss ist sehr Deutschland.

Unser Weißwein wird am Hambacher Schloss angebaut, direkt daneben, deshalb ist er so sauer. Da würden Sie jetzt wohl gerne lachen, Herr Gänsehaupt? Ich finde das schon wieder nicht so lustig. Vielleicht fände ich es lustiger, wenn der Wein in Wirklichkeit gar nicht sauer wäre, aber er ist wirklich so sauer, dass meine Speiseröhre bei jedem Schluck brennt. Waren Sie mal auf dem Hambacher Schloss? Ich habe Ihnen ja jetzt schon eine ganze Menge angetan mit den ganzen Metaphern, aber ich versuche noch eine, wenn es Ihnen zu viel wird, schließen Sie ruhig für einen Moment die Augen.

Das Hambacher Schloss ist ein Museum und der Wein um dieses Schloss ist sehr saurer Riesling. Und beides zusammen ist eine große Metapher. Das Hambacher Schloss ist das Museum der deutschen Demokratie. Im Museum gibt es vier Stockwerke. Ganz unten zum Beispiel gibt es eine Burg aus Lego, die auf einem Berg steht und um die Hunderte von kleinen Legomännchen stehen, für ihre Verhältnisse ist das Schloss am Sockelrand unerreichbar weit entfernt. Sie haben Legoweinfässer mitgebracht und Legoschoppen und Legodeutschlandfahnen und Legokarren, auf denen Legokriegsversehrte von Legonichtkriegsversehrten gezogen wurden. Das ist eine Metapher. Das ganze Hambacher Fest ist eine Metapher. Vielleicht war es keine geplante Metapher. Und vielleicht ist das Fest nie so gewesen, wie es in diesem Museum dargestellt wird. Und dann ist das Museum eine Metapher. In diesem Museum haben Bauern aus Lego einen schwierigen Aufstieg zum Hambacher Schloss, in dieses Museum zum schwierigen Aufstieg der deutschen Demokratie. Das ist doch eine Metapher, oder? Und der Riesling steht für den sauren Schweiß der Deutschen. Und die Felder stehen für die Felder und die Berge und Wälder stehen für die Berge und Wälder. Ich kenne mich mit Metaphern nicht so gut aus wie mit Ironie.

Vielleicht irre ich mich ja. Aber wenn Sie es gesehen hätten, Sie hätten auch keinen anderen Schluss ziehen können.

Möchte man zu diesem Museum, kauft man die Tickets noch unten. In den Zeilen von Riesling. Dort gibt es dann eine Weinprobe verschiedener Rieslingsorten, die alle wie Salzsäure schmecken, keine Ahnung. Und wenn man eigentlich gar nicht mehr kann, wenn die Backen so rot sind, wenn die Knie nachgeben, wenn einem die deutsche Säure bis zum Kehldeckel steht, dann fährt ein Bus direkt hoch zum Schloss und niemand ist einen Meter gelaufen. Dann kommt man ins Museum und gleich im Erdgeschoss gibt es die Legoburg. Und man erinnert sich an den eigenen schwierigen Aufstieg. Und man kann sich hineinversetzen in die Legofiguren. Es gibt noch mehr, was im Erdgeschoss zu sehen ist. Die erste deutsche Fahne zum Beispiel. Zerrissen und schwarz. Und rot. Und gold. Der sieht man die Geschichte an. Den Sturm, in dem sie geweht haben muss, alles Blut und allen Schweiß, was diese Fahne tragen muss. Und dann fährt man mit dem Fahrstuhl in den ersten Stock, weil das Hambacher Schloss barrierefrei ist. Und weil man betrunken ist. Deshalb verpasst man allerdings eine Tafel, die im Treppenhaus hängt. Auf der wird erklärt, dass es zu durchaus kritischen Bücherverbrennungen jüdischer Autoren kam, wobei nicht genauer erklärt wird, in welchem Sinne die Bücherverbrennungen jüdischer Autoren eine kritische Bücherverbrennung war. Der Fahrstuhl hält nicht im zweiten Stock. Er hält auch nicht im dritten Stock. Er hält erst wieder im vierten Stock. Und dann geht die Fahrstuhltür auf und man wird streng begrüßt von Konrad Adenauers Konterfei, das, auf Pappe gedruckt, einen warmen Blick spendiert.

Dann geht man durch die Demokratie bis Angela Merkel. Und hinter dem letzten Bild von Angela Merkel, das mit einem Sandstrahler auf eine Glasscheibe gezeichnet wurde, ist noch Platz. Für 1000 Exponate. Und wenn man dann mit dem Fahrstuhl in den zweiten Stock fahren will, kommt man doch wieder im ersten heraus. Aber dort, wo der zweite Stock sein sollte, oder wenigstens der dritte Stock, ist plötzlich wieder der vierte Stock. Und wenn man nachfragt, was denn mit dem zweiten Stockwerk und dem dritten Stockwerk sei, dann antwortet eine Mitarbeiterin, die sich nicht ganz wohl fühlt in der Rolle, halb Mitarbeiterin zu sein, aber auch halb Exponat, weil sie ja Teil der deutschen Demokratie ist. Sie antwortet, dass das dritte Stockwerk und ganz besonders das zweite Stockwerk wegen Umbau zur Zeit geschlossen sei. Und wenn man dann fragt, warum sie also nicht einfach nur geschlossen seien, sondern warum es die Stockwerke gar nicht gebe, dann antwortet die Mitarbeiterin, die sich während des Fragens noch viel unwohler zu fühlen scheint, als sie sich schon vor den Fragen gefühlt hatte, dass das alles Teil der Metapher sei.

Tarzan hat ganz in der Nähe eine Ferienwohnung. Auch ein Teil der Metapher. Ich glaube ja, dass Sie es so langsam wissen. Ich glaube, Sie wissen, wer Tarzan ist.

Tarzan ist gut mit Metaphern. Als er gerade runtergeschluckt hatte, vielleicht Wild, vielleicht Schwein, sagte Tarzan: »Als deine Oma noch klein war, da hat ihr Vater, also unser Großvater, also dein Urgroßvater, einen Baum pflanzen sollen. Eine Eiche.« Tarzan fragte mich, ob ich wisse, was eine Eiche sei. Ich sagte nichts. Ich kann mir nicht vorstellen, dass Tarzan eine Antwort bekommen wollte. Vielleicht wollte er sagen, dass Leute wie ich heute die Natur nicht mehr kennen würden. Oder er wollte schauen, ob ich noch zuhöre. »Dein Urgroßvater, der war Oberstudienrat. Und 1933, da hatte die Eiche eine besondere Bedeutung. Und er sollte diese Eiche am Dorfeingang pflanzen. Aber er hat sich geweigert! Er hat gesagt: ›Ich werde keine Eiche pflanzen.‹ Da sieht man es einmal.« Ich fragte nicht, ob er finde, dass eine Eiche heute keine besondere Bedeutung mehr habe.

Ich möchte die besondere Bedeutung der Eiche gerne festhalten:

Es muss ja nicht immer alles, denke ich.

Und weil nicht immer alles muss, ist eine Eiche vielleicht einfach eine Eiche.

Das ist eine besondere Bedeutung. Verstehen Sie? Ich will Ihnen ja nur von meinem Weihnachtsfest erzählen. Aber es geht eben auch um Eichen und Walnusssoße und Handschellen. Es gibt nicht den einen Grund, warum passiert ist, was passiert ist. Passiert? Ja, stimmt, das habe ich gesagt. »Was passiert ist.« Das klingt so passiv, hm?

Die Geschichten, die älter sind als alle am Tisch, werden meistens von Tarzan erzählt.

Er hat viele dieser Geschichten, die meisten drehen sich um Onkel Berlin, aber auch um den, den sie Vater nennen. Dieses Mal hat Tarzan zum Beispiel noch folgende Geschichte erzählt:

»Dein Großonkel Berlin ist kurz vor Kriegsende in einem Lazarett gestorben. Weil die Engländer da noch eine Bombe draufwerfen mussten. Kurz vor Kriegsende! Deshalb sind die Engländer auch nicht so beliebt bei uns in der Familie.« Otto rekelte sich, ein Wasserglas fiel um. Tarzan strich sich über den Schnauzbart und erwischte eine Kaper, die seit einigen Minuten unter dem linken Nasenloch festsaß.

Ich habe ja schon gesagt, dass Tarzan Onkel Berlin nicht vergessen möchte. Aber ich habe nicht gesagt, warum das so ist. Und das liegt einfach daran, dass ich es auch nicht weiß. Vielleicht könnte man sogar sagen: Was ich über Tarzan gesagt habe, ist falsch.

Als Tarzan über die Engländer gesprochen hat, da habe ich ihm geantwortet. Wenn ich Tarzan antworte, dann mache ich das in Grenzen, die ich abstecke. Aber Tarzan kümmert sich nicht um Grenzen.

»Ich habe einen Freund aus England«, sagte ich, jetzt waren alle mit ihren Handschellen beschäftigt. »Der sagt, dass es in England zwei Sorten von Kakerlaken gibt. Die einen sind riesengroß und lila. Sie sind überall dort, wo viel Essen weggeworfen wird, und heißen indische Kakerlaken. Sie sollen eklig sein, das schon, aber sie gehören zu England. Man tötet sie, das schon, aber man flucht dabei nicht. Man zieht einen Schuh aus und schlägt nach der Kakerlake. Danach wischt man die Sohle ab und zieht den Schuh wieder an. Es gibt immer wieder neue Kakerlaken und immer wieder schlägt man nach ihnen.« »Was du alles weißt!«, sagte Tarzan. Ich weiß nicht, ob ich erwähnen muss, dass, wenn Tarzan das sagt, er das ironisch meint. Oder besser: Er meint es auf die Weise ironisch, die er ironisch findet. Dabei unterschlägt er allerdings mit dieser Ironie, dass ja gar nicht ich es bin, der »das alles weiß«, sondern mein Freund aus England. Das ist ein gutes Beispiel für die unterschiedlichen Formen von Ironie. Er meint das Gegenteil von dem, was er sagt. Aber er weiß nicht genau, was er meint. Deshalb ist das Gegenteil etwas unkontrolliert. Wenn ich ironisch bin, dann erzähle ich von einem Freund aus England, obwohl ich gar keinen Freund aus England habe. Das kann ich dann besser kontrollieren.

»Dieser Freund aus England wohnt übrigens in einem Haus und wenn er seinen Kamin anmacht, kommt weißer Rauch aus dem Schornstein. Er wohnt alleine in dem Haus, das an einer Klippe gebaut ist. Er hat gesagt, dass das Haus in ein paar Jahren nicht mehr stehen werde, weil die Flut immer ein wenig von den Felsen abtrage. Und irgendwann stehe sein Haus nicht mehr, der Kamin halte kein Feuer mehr und der Schornstein spucke keinen weißen Rauch mehr aus.«

»Hör auf damit!«, wurde ich unterbrochen. »Du weißt, dass sie erst abkommen, wenn alles aufgegessen ist«, sagte Otto zu Berti, der versuchte, sich aus den

Handschellen zu befreien, und Otto dabei geweckt hatte. Und um es einmal nicht mit dem Wort »ironisch« zu sagen: Er sah dabei nicht aus wie ein üppiges Reh, das versucht, sich aus einem Zaun zum Schutz vor Wildwechsel zu befreien, nur um dann auf die Autobahn zu humpeln. Ironischerweise sah er so überhaupt nicht aus.

»Die zweite Sorte ist fieser«, erzählte ich schließlich weiter, »nach denen schlägt man nicht, nach denen tritt man. Und man flucht dabei. Sie sind nicht ganz so eklig, sie sind kleiner. Und es gibt nicht ganz so viele von ihnen. Sie verstecken sich auch nicht so gut wie die indischen Kakerlaken. Sie scheuen das Licht nicht, fast möchte man meinen, dass sie sich mit Stolz durch den Tag bewegen. Das sind die deutschen Kakerlaken. Sie sind klein und schwarz. Aber das Schlimmste ist, dass sie fliegen können.«

Was ich gesagt habe, stimmt nicht. Tarzan denkt an wenig anderes als an die Regeln, ihre Grenzen, ihre äußeren Grenzen, ihre inneren Grenzen. Er denkt an seine Grenzen und an die Grenzen der anderen, die ihn von den anderen trennen. Er denkt an die Oder-Neiße-Grenze, an die grüne Linie, Südvietnam und Nordvietnam, und an einen fürchterlichen Diktator, er denkt an die luziden Grenzen von Ich und Art, im metaphysischen Sinne, er denkt an die Grenzen der technischen Welt, an die Grenze von 256 GB in seinem Laptop, an die Grenze der Demokratie, der Mündigkeit. Und er denkt an die Grenzen der Lust, die im Spiel genau dort verläuft, wo

Angst zu Empathie wird, dieselbe Grenze, die zwischen dem dritten und dem vierten Glas Wein verläuft. Und er denkt an Art. Ich weiß es. Otto ist wieder eingeschlafen, und alle anderen denken an Art.

Ich weiß, Sie fragen sich, warum ich Ihnen von Tarzan erzähle, obwohl ich an Art denke. Ja, obwohl sogar Sie vermutlich gerade an Art denken. Sie sind der Therapeut. Sie wissen es sicher besser als ich. Aber ich erkläre es mir so, dass nicht nur alles in Art hineinfällt, sondern auch, dass alles durch Art hindurchfällt und auf der anderen Seite herauskommt und ein wenig mehr Art ist als vorher. Wenn Tarzan von Onkel Berlin spricht oder ich von Kakerlaken, dann um auf der anderen Seite von Art etwas zu sehen, was sich verwandelt hat. Gepresst und umgedreht, geschliffen, mit Kanten, gebrochen. Also ein Artdiamant. Aber in genau diesem Moment ist alles, was aus Art herausfällt, nichts anderes als das Wort Adenokarzinom.

Vielleicht fragen Sie sich auch, was das mit der Grenze der Lust auf sich hat, die für Tarzan zwischen zwei Gläsern Wein verläuft. Das hat etwas mit der dritten der drei Frauen zu tun. Davon möchte ich Ihnen erzählen. Aber von mir möchte ich auch erzählen.

12.
Tarzan, meine Mutter und die Araber

Dass Tarzan sich Tarzan hat nennen lassen, als er klein war, das finde ich normal. Es gab eine Zeit, da habe ich gewollt, dass mich alle Mike nennen. Ich habe Knieschoner angezogen, eine kurze Hose und Fahrradfahrerhandschuhe. Das alles war Mike. Weil mich niemand Mike nennen wollte, habe ich mich manchmal selber gerufen: »Mike, komm schnell, ich brauche deine Hilfe!« Und dann habe ich zu meiner Mutter gesagt: »Das bin ich, da braucht mich jemand, ich muss da jetzt hin.« Und dann habe ich zurückgerufen: »Ich komme! Wir werden kämpfen.« Damals musste ich eine Therapie machen. Aber nur kurz, weil sich die Sache mit Mike schnell aufgeklärt hatte. Ich hatte den Namen von Michael Knight und wollte im Namen der Foundation für Recht und Verfassung ein Held sein. Statt der Therapie habe ich Fernsehverbot bekommen.

Tarzan hat einmal den Süllberg beherrscht. Meine Mutter sagt das so. Als ich klein war, habe ich das geglaubt. Und als ich etwas älter war, aber schon lange nicht mehr Mike, da habe ich gewusst, dass Tarzan auf dem Süllberg eher eine bekannte Größe gewesen ist. Vielleicht könnte man sagen: Er kannte den Süllberg wie seine eigene Westentasche. Ihm gehörte ein Café auf dem Süllberg. Und wenn er über den Süllberg spazieren ging, dann riefen die Anwohner: »Moin Moin Tarzan!« oder: »Tarzan, was macht das Leben?« oder »Ach, schau an, der Tarzan. Wie ist es so?« Er soll, hat meine Mutter gesagt, auf dem Süllberg bekannt gewesen sein wie ein bunter Hund. Ich weiß, Sie denken: Wie bekannt kann ein bunter Hund schon sein? Aber der Süllberg ist nicht besonders groß. Gäbe es einen bunten Hund, dann wäre er sicher auf der ganzen Halbinsel bekannt. Das ist unsichtbare Ironie. Bunte Hunde gibt es nicht. Bekannt zu sein wie ein bunter Hund könnte bedeuten, dass einen niemand kennt. Oder dass einen alle kennen. Aber es wird nur benutzt, um zu sagen, dass einen alle kennen. Na ja. Also in diesem Café gab es vier verschiedene Sorten von Kunden. Es gab die Bewohner des Süllbergs, die in dicken Wollpullovern Tee mit Kandis tranken und auf die Elbe schauten. Sie lasen Zeitung oder unterhielten sich, sie waren meist zu zweit oder allein dort. Sie aßen keinen Kuchen und sie bezahlten nicht nach jedem Tee, sondern sie bezahlten am Ende des Monats.

Die zweite Gruppe waren die Touristen. Die kamen nur kurz vorbei, tranken auf der Terrasse Tee mit Kandis und fanden den Ausblick atemberaubend. Die erste Gruppe hatte nicht viel übrig für die zweite Gruppe, sie verdrehten die Augen, wenn die Touristen in Verzückung gerieten. Die zweite Gruppe trank Tee und bezahlte und ging dann schnell wieder. Alles in allem – also Tee bestellen, Tee trinken, in Verzückung geraten, bezahlen – dauerte ihr Besuch fünfzehn Minuten.

Die dritte Gruppe war keine richtige Gruppe, sie bestand nur aus einer Person, meiner Mutter. Sie trank auch Tee mit Kandis. Aber auch Kaffee und Bier und Wein und einen Saft und Sprudel. Wir trinken eben viel. Die vierte Gruppe war ein Verein von Arabern, Palästinensern, um genau zu sein, die sich regelmäßig im Café Chez Tarzan trafen. Die ersten drei Gruppen hatten großen Respekt vor dieser vierten Gruppe und hielten deshalb gebührend Abstand. Aber sie waren auch sehr neugierig, denn der Süllberg war nicht unbedingt ein Ort, an dem sich arabische Vereine trafen. Ich kann mir vorstellen, dass das »Libanon-Palästina-Komitee« der einzige arabische Verein war, deren Mitglieder den Süllberg kannten. Die ersten drei Gruppen – die Anwohner, die Touristen und meine Mutter – schauten also interessiert hinüber zu den Arabern, die viel diskutierten. Sie grüßten freundlich, aber schüchtern, wenn sie auf die Araber trafen. Vielleicht wie wenn ich einen Star treffe. Ich möchte irgendwas sagen, aber auch nicht die Person sein, die einen Star anspricht und deshalb irgendwas Peinliches macht. Ich habe zum Beispiel neulich Chris Kraus getroffen und wollte eigentlich Hallo sagen und vielleicht ein Foto schießen. Aber stattdessen habe ich gesagt: »Sie sehen aber sympathisch aus. Wissen Sie, ich bin ein Schriftsteller und habe ein gutes Auge für sympathische Personen.«

Oder als ich Sigmar Gabriel getroffen habe, in Goslar, als er sein Kind vom Kindergarten abgeholt hat. Ich habe lange gezögert, bis ich mich getraut habe, ihn nach einem Autogramm zu fragen. Dann habe ich mich mit einem Stift auf den Weg gemacht, zu Sigmar Gabriel. Und als ich vor ihm stand, ist mir aufgefallen, dass es gar nicht Sigmar Gabriel war. Danach habe ich gedacht, dass Gabriel ja eh eine Pfeife ist.

Oder auch damals, als ich Michael Knight sein wollte. Das war natürlich eine Nummer zu groß für mich. Und denselben Respekt haben die drei vorangegangenen Gruppen also den Arabern entgegengebracht.

Warum diese Palästinenser in diesem Café saßen, das hat etwas mit Naima zu tun. Sie erinnern sich? Die zweite der drei Frauen von Tarzan. Und diese Gruppe von Palästinensern war, sagen wir, assoziiert mit Naima.

Die Gruppe plante im Chez Tarzan den bewaffneten Aufstand, zumindest geht so die Geschichte. Sie planten und diskutierten. Und sie gaben Flugblätter heraus.

Die Gruppe hatte einen Namen. Ich weiß ihn leider nicht mehr. Ich habe einmal versucht, ihn herauszufinden, und dachte eine Zeit lang, es könnte V.i.S.d.P. sein, weil einige Flugblätter damit unterschrieben waren. Ich habe gedacht vielleicht: »Vereint im Streit der Palästinenser« oder: »Verwaltung innerer Sicherheit deutscher Palästinenser« oder: »Volksfront in Spe der Palästinenser«. Ich habe nie ganz genau gewusst, was Palästinenser genau wollen, und auf den Flugblättern ist es auch nicht zu erkennen. Deshalb war es sehr schwierig für mich, den richtigen Namen zu erraten. Und als ich herausgefunden hatte, was V.i.S.d.P. wirklich heißt, da habe ich ganz aufgegeben.

Die Männer waren sehr konspirativ. Sie waren laut und freundlich zu allen Mitgliedern der anderen Gruppen, zu den Süllbergern, zu den Touristen und besonders zu meiner Mutter. Aber wenn sie zusammen an einem Tisch saßen, dann sollen ihre Gesichter manchmal ganz düster geworden sein. Außerdem hatte ein und dieselbe Person häufig ganz unterschiedliche Namen. So hieß einer vielleicht Mahmut, aber auch Ibn Salam oder Abdallah. Ein anderer hieß vielleicht mal Khaled, oder sogar Dr. Gänsehaupt, wer weiß. Aber Sie verstehen, was ich meine? Ihre Konspiration ging so weit, dass sie dem Kellner, der nicht immer Tarzan war, nicht einfach ihre Bestellung aufgaben, sondern etwas auf einen Zettel schrieben, ihn falteten, dem Kellner zusteckten und sagten, dass dieser Zettel nur für seine Augen bestimmt sei. Und dass sie keine Verantwortung dafür übernehmen würden, wenn jemand anders von dem Inhalt des Zettels erfahre. Auf dem Zettel stand dann sowas wie: »Der blaue Hering ist im Feld. Code 47 – und zwei Stücke Käsekuchen.«

Aber ich erzähle Ihnen ja nur, was mir erzählt wurde.

Irgendwann hat diese Gruppe jedenfalls die Planung des bewaffneten Widerstands erst gegen das Rauchen von Gras auf der Sonnenterrasse des Cafés Chez Tarzan eingetauscht und später das Rauchen von Gras gegen das Gründen kleiner Familien und dann das wiederum gegen das Wegziehen aus Hamburg. Einer dieser Araber, der dann weggezogen ist, ist der, den alle meinen Vater nannten, also wenn sie ihn irgendwie nannten. Eigentlich nannte ihn niemand meinen Vater, obwohl er es aus technischen Gründen sehr wohl ist. Vielleicht so: Immer wenn über diesen Araber gesprochen wurde, nannten ihn alle meinen Vater. Aber weil nie jemand über diesen Araber sprach, wurde er auch nie Vater genannt. Als dieser Araber gerade dabei war, mein Vater zu werden, und meine Mutter dabei war, meine Mutter zu werden, und ich dabei war, überhaupt erstmal etwas zu werden, da haben meine werdende Mutter und mein werdender Onkel Tarzan über verschiedene Umstände gesprochen. Es gibt sicher zwei Seiten dieses Gesprächs, ich kenne ja nur die Seite meiner Mutter, die behauptet, dass es so abgelaufen sei:

»Jetzt bekommst du also einen Araber, hm?«

»Ja, jetzt bekomme ich ein Kind von einem Araber.«

»Ja, ich weiß, wie das ist. Ich habe ja sogar drei. Ist es nicht komisch, dass ich erst drei arabische Kinder bekommen habe und du jetzt, danach, auch eins? Ich meine, unsere Leben kreuzen sich immer wieder. Ist das nicht toll? Du bist natürlich meine Schwester und deshalb kreuzen sich unsere Wege ohnehin bis ans Ende unseres Lebens. Aber das hier«, und er soll dann ihren Bauch gestreichelt haben, »das ist schon eine besondere Kreuzung. Und ich warte gerne auf dich an dieser Kreuzung, bis du auch so weit bist wie ich.«

Dazu sind im Grunde drei Dinge zu sagen.

1. Der, den eigentlich niemand meinen Vater nennt, der es aus technischen Gründen aber trotzdem ist, ist ein Palästinenser aus dem Chez Tarzan.

2. Das war das erste Mal, dass meine Mutter und Tarzan zwei Jahre nicht mehr miteinander gesprochen haben.

3. Tarzan kann also Ironie, wenn er will.

Ich will das nicht offenlassen, ich will ganz sichergehen, dass Sie wissen, was da passiert ist. Tarzan hatte die Befürchtung, dass seine Schwester ihn nachahme. Und meine Mutter wusste gar nicht, was Tarzan überhaupt wollte. Erst in einer Therapie, viel später, haben beide erfahren, worum es eigentlich ging. Es ging um die Araber im Chez Tarzan, die Naima ins Chez Tarzan mitgebracht hatte. Naima war längst verschwunden. Und die Araber im Chez Tarzan waren konspirativ. Und Tarzans Araber, seine Kinder, waren konspirativ und verschwunden. Und Tarzans Schwester hatte einen Araber im Bauch, von einem Araber, der im Chez Tarzan verschiedene Namen hatte. Den es gar nicht gab. Den niemand richtig kannte. Nur die Araber natürlich. Die kannten sich. Und Tarzan hat ihnen Tee serviert. Aber wenn Tarzan ihnen den Tee gebracht hat, dann verstummten sie auffällig um den Tisch und Tarzan fühlte sich wie ein Arnelodd. Ich will das nicht offenlassen, Herr Gänsehaupt, Tarzan ekelte sich vor den krausen schwarzen Haaren. Vor den Gesprächen, die er nur mit einem Ohr hören konnte, die er nicht verstand. Er ekelte sich vor dem Kratzen im Hals, immer wenn einer der Araber den Buchstaben K oder den anderen Buchstaben K oder den anderen Buchstaben K aussprach. Sowieso fand er, dass es eine Sprache war, die zur Hälfte aus K's bestand und zur anderen Hälfte aus Schlangenzischen. Er hatte den Arabern einen Ort im Chez Tarzan gegeben, weil Naima einen Ort bei Tarzan hatte. Aber seit Tarzan keinen Ort mehr bei Naima hatte, ging er nicht mehr gerade. Sein Kopf war in die Richtung der Schultern gerutscht. Und wenn er kassierte und die Araber zu wenig Geld bezahlten, dann sagte er nichts. Weil es ihm unangenehm war, den Arabern zu sagen, dass sie zu wenig Geld bezahlt hätten. Und wenn sie zu viel Geld bezahlt hatten, dann dachte er sich, wenn die Araber nicht mal rechnen könnten, dass es dann schwierig stehe, um den bewaffneten Kampf in Palästina, mit dem er, und es fiel ihm mehr und mehr auf, rein gar nichts zu tun hatte. Und es kam ihm auch mehr und mehr so vor, als hätten die Araber genauso wenig mit dem bewaffneten Kampf in Palästina zu tun, ja, als hätten die Araber ohnehin wenig mit Palästina zu tun.

Tarzan stellte sich ein Leben vor ohne diese Araber, ein Leben auch ohne das Chez Tarzan. Ohne den Süllberg und ohne den Tarzan, den alle kannten. Tarzan wollte nicht mehr Tarzan heißen. Vielleicht seinen alten Namen wieder annehmen, vielleicht mit einem VW-Bus durch Europa fahren und Abstand bekommen. Zu allen. Zu allem. Und vor allem zu sich selbst. Oder zu dem, den alle Tarzan nannten. Und der, den sie alle meinen Vater nennen werden, hatte längst den Platz bei Naima, den vorher der hatte, den alle Tarzan nennen.

Und jetzt hatte seine Schwester einen Araber im Bauch. Mich. Den, den ich ich nenne.

Meine Mutter allerdings wollte tatsächlich sein wie Tarzan. Sie wollte den Süllberg, die Araber und mich. Morgens fuhr sie mit einem gelben R4 zur Uni und studierte evangelische Theologie. Ich weiß, was Sie denken, Herr Gänsehaupt: Was gibt es da schon groß zu studieren? Viel Selbststudium, hat meine Mutter geantwortet. Und mittags ist sie dann ins Chez Tarzan gefahren und hat dem, den sie meinen Vater nennen, Deutsch beigebracht. Und der, den sie meinen Vater nennen, hat ihr Arabisch beigebracht. Min Hibbuk. Ich liebe dich.

13.
Araber in Deutschland

Araber kommen aus arabischen Ländern. Und Deutsche kommen aus Deutschland. Aber in Deutschland lebender Araber kann eigentlich jeder sein. Da gibt es kaum Regeln. Und wer in Deutschland lebender Araber ist, muss nicht für immer in Deutschland lebender Araber sein. Es kann eine Phase in jedermanns Leben geben, in der er ein in Deutschland lebender Araber ist. Das gilt natürlich auch für Frauen. Einige in Deutschland lebende Araber heiraten in eine in Deutschland lebende arabische Familie ein. Später lassen sie sich wieder scheiden und dann sind sie auch keine in Deutschland lebenden Araber mehr. Einige sind in Wirklichkeit in Deutschland lebende Türken. Aber dann verbringen sie Zeit in verschiedenen Moscheen und sind plötzlich in Deutschland lebende Araber. Wieder andere sind eigentlich Deutsche, die sich in Universitäten politisieren lassen und werden so zu in Deutschland lebenden Arabern. Sie lesen ein Buch über den Westen und eines über Lenin. Dann ziehen sie sich eines Tages einen Wollpullover an und sind in Deutschland lebende Araber. Tarzan war ein in Deutschland lebender Araber, als er einen Ort bei Naima hatte. Meine Mutter war eine in Deutschland lebende Araberin, als sie schwanger war, mit mir. Ich bin kein in Deutschland lebender Araber, zumindest nicht mehr.

Ich war ein in Deutschland lebender Araber, aber nur für ein paar Minuten. Ich gebe zu, das sieht so aus, als gäbe es gar kein System, nach welchem man ein in Deutschland lebender Araber ist. Und ich gebe auch zu, dass das stimmt. Oder zumindest, dass ich noch kein System gefunden habe. Aber in den Minuten, in denen ich ein in Deutschland lebender Araber war, da wusste ich es einfach und es hat mir sehr gut gefallen. Immerhin ist es bei Deutschen ja auch nicht so einfach. Klar ist deutsch, wer Riesling trinkt und Bratensaft nicht vom Teller schlürft. Aber Sie, Herr Gänsehaupt, sind ja noch lange kein Deutscher, nur weil Sie Riesling trinken und die Bratensoße mit Brot stippen.

Jetzt, wo ich darüber nachdenke: Das war auch an einem Weihnachtsabend, als ich für ein paar Minuten, über dem Mittelmeer, westlich von Rom, ein in Deutschland lebender Araber war. Auch ironisch. Glauben Sie, Herr Dr. Gänsehaupt, dass das Leben ironisch sein kann? Klar kann es, oder? Wie könnten wir sonst ironisch sprechen?

Dieses Weihnachten vor fünf Jahren, da hatte ich eine Winterdepression. Und meine ganze Familie war nicht da, Berti und Otto hatten einen Wasserrohrbruch in ihrer Wohnung und waren einige Wochen damit beschäftigt, alle Elektrogeräte und Schallplatten und Teppiche und Tapeten und Bundfaltenhosen und Eichenschreibtische und eine Matratze und eine Matratze für Übergewichtige mit einem Fön zu trocknen. Meine Mutter war auf einer Exkursion, auf der sie sehr genau zugehört haben muss. Sie hat mir später davon berichtet, aber ich habe nicht sehr genau zugehört. Tarzan hatte etwas zu tun, wovon ich hier nicht sprechen möchte, was aber auch damit zu tun hat, dass ich nicht genau weiß, was er denn genau zu tun hatte. Und Art, der damals noch ausschließlich Art war, hatte keinen Fonduetopf. Das wäre sicher kein großes Problem gewesen. Aber was soll denn Weihnachten sein, wenn nicht Art und Tarzan, Berti und Otto, meine Mutter und ich uns nicht erst begrüßen, dann die Geschenke auspacken und schließlich Fondue essen. Das wäre dann ja ohnehin kein Weihnachten.

Die Geschichte, wie ich einmal für ein paar Minuten ein in Deutschland lebender Araber war, hat mit einem Flugzeug zu tun und ist etwas peinlich, aber wir sind ja unter uns.

Ich mag fliegen. Früher hatte ich Flugangst. Mit früher meine ich, als ich in der zehnten Klasse war. Im Deutschunterricht haben wir Faust, der Tragödie erster Teil gelesen und wir haben einen Ausflug nach Weimar gemacht. Es kann die Schuld meiner Deutschlehrerin gewesen sein, dass mir Goethe und Weimar nicht gefallen haben. Goethe hatte zu allem und jedem etwas zu sagen und meine Deutschlehrerin hatte zu allem und jedem etwas von Goethe zu sagen. Ein bisschen wie Tarzan vielleicht.

Meine Deutschlehrerin hat behauptet, dass Goethe lieber zu Fuß nach Italien gegangen wäre, weil die Pferdekutsche für ihn eine unzumutbare Beschleunigung der Welt bedeutete. Sie sagte das und pflückte ein Gänseblümchen, das zwischen zwei Betonplatten aus dem Gehweg gewachsen war. Dann sagte sie, dass heute einfach alles zu schnell gehen würde, dass man das Leben gar nicht mehr mitkriegen würde, zum Beispiel Serkan, der ständig nur mit diesem blöden Telefon rummachen würde. Schließlich warf sie das Gänseblümchen zurück auf den Boden.

Ich denke, Herr Gänsehaupt, es ist unnötig zu erwähnen, dass es für mich damals nicht schnell genug gehen konnte. Schnell erwachsen, schnell Mädchen küssen, schnell nach Schweden reisen, schnell nach Amerika reisen und vor allem schnell aus Weimar abzureisen.

Von da an fand ich fliegen nicht mehr schlimm. Ich habe mir vorgestellt, wie ich die Reise zusammen mit Goethe machen würde. »Komm, Goethe«, habe ich vor dem Spiegel gesagt, »wir reisen jetzt nach Nordafrika.« Ich habe mir vorgestellt, dass Goethe dann einen Haufen Sachen einpackt für die Reise, als wären wir einige Jahre unterwegs. Und ich würde sagen: »Mensch, du kannst doch höchsten 18 kg mitnehmen.« Und dann würden wir im Auto zum Flughafen sitzen und Goethe würde sich an den Türgriff klammern und in jeder Kurve einen kurzen Schrei ausstoßen. An der Sicherheitskontrolle stelle ich mir dann vor, wie Goethe den Beamten erklärt, dass er Geheimrat sei, dass er ganz sicher nicht durch eine Sicherheitskontrolle müsse. Und dann sitzen wir zusammen im Flugzeug und ich gebe Goethe den Fensterplatz. Goethe fragt mich, ob dieses Fahrzeug denn jetzt gleichzeitig auch ein Schiff sei, mit welchem wir sicher über das Mittelmeer segeln könnten. Und ich antworte streng: »Wolfi, jetzt stell doch nicht ständig so viele Fragen!«

Herr Gänsehaupt, ganz egal, ob Sie nun wirklich ein Therapeut sind oder nicht: Diese Frage müssten Sie doch auf jeden Fall beantworten können: Glauben Sie, ich habe in Goethe eine Vaterfigur gesucht, die ich überwinden kann? Über die ich hinauswachsen kann und die ich belächeln kann? Glauben Sie, das ist, was ein Sohn mit einem Vater machen sollte?

Na ja, auf diesem Flug jedenfalls, Weihnachten vor fünf Jahren, habe ich mir wieder vorgestellt, wie es wäre, wenn Goethe mitkäme.

Ich flog mit Lufthansa nach Tripolis. Um Sie zu suchen, Herr Gänsehaupt, um Sie zu suchen.

Mit mir im Flugzeug saßen ausschließlich in Deutschland lebende Araber. Eine in Deutschland lebende Araberin mit drei in Deutschland lebenden Araberkindern. Alle sind sehr gut gekleidet gewesen, ich hatte eine Jogginghose an, ich weiß nicht, warum. Es war keine Adidas-Jogginghose mit Streifen oder so etwas, sie war eigentlich nicht als Jogginghose zu erkennen. Schwarz und vielleicht eine halbe Nummer zu weit, um eine Anzughose ohne Bügelfalte zu sein. Und ein T-Shirt, auch schwarz, also ich sah nicht unbedingt schmuddelig aus. Aber alle anderen im Flugzeug trugen einen Anzug oder ein Hemd und eine Krawatte. Wir fliegen los und es gibt Essen und ich denke, daran erinnere ich mich ganz genau, an Sie, Herr Dr. Gänsehaupt, an den, der Sie wirklich sind, und dann gab es Getränke.

Nach einer Stunde, Sie sind aus meinen Gedanken bereits wieder verschwunden, lief plötzlich eine Lufthansa-Stewardess an mir vorbei und hatte eines der Kinder über ihre Schulter geworfen. So, dass Beine und Körper bis über ihre Brust hingen und das Köpfchen des in Deutschland lebenden arabischen Kindes, das höchstens zwei Jahre alt gewesen sein kann, über ihre Schulter fiel. Und als ich mich umdrehte, sah ich, wie der Kopf des Kleinen ganz blau angelaufen war. Als nächstes kam der Pilot oder der Co-Pilot sehr eilig durch die Kabine der Lufthansa-Stewardess hinterher. Der Pilot suchte mit dem Blick nach dem Kind, sah das Kind und machte auf dem Absatz kehrt, zurück ins Cockpit. Und dann ist alles so schnell gegangen, dass ich in dem Moment meinte, dass so etwas vielleicht häufiger passiere. Das Flugzeug ist, nur eine Zehntelsekunde nachdem der Pilot zurück im Cockpit war, abgedreht und über die Lautsprecher kam zeitgleich die Durchsage: »Ist vielleicht ein Arzt an Board?« Ich sage Ihnen, Herr Gänsehaupt, das war entsetzlich, alles, das blaue Kind, der Ernst im Gesicht des Piloten, die Panik im Gesicht der Stewardess, die Ratlosigkeit in allen anderen Gesichtern, sicher auch in meinem. Und dann diese Geschwindigkeit. Gleich kam eine zweite Durchsage: »In wenigen Minuten werden wir in Rom notlanden.« Alles in Sekunden.

Dann kam noch mal die Ansage, ob sich ein Arzt im Flugzeug befinden würde. Aber diesmal auf Arabisch: »Hal min tabib ealaa matn altaayira?« Und ich habe Ja gerufen, »Nam! Huna!«

Dabei bin ich natürlich kein Arzt, genauso wenig wie Sie, Herr Dr. Gänsehaupt.

Ich habe lange gedacht, ich hätte das vielleicht nur deshalb gesagt, weil ich von der ganzen Situation so beeindruckt war, von der geschmierten Maschinerie, die da ablief, vom Notfall bis zur Notlandung. Von Mittelmeer bis Rom. Dass ich unbedingt ein Rädchen in dieser Maschine sein wollte. Vielleicht wie in einer Familie. Vielleicht eine Aufgabe haben. Vielleicht ein Mitglied des Ensembles sein, das auf diesem Flug etwas Besonderes aufführte. Vielleicht ist das so. Wenn es so ist, Herr Gänsehaupt, dann wissen Sie es besser als ich. Denn ich habe einfach Ja gerufen, weil ich es verstanden habe. Weil ich die arabischen Wörter für »Flugzeug« und »Arzt« verstanden habe. Ich wollte sagen: Ja, hier, hier ist einer, der diese Sprache versteht. Hier ist einer, der in Deutschland lebt und diese Wörter versteht.

Mir ist natürlich sofort, nachdem ich das gerufen hatte, klar gewesen, wie dumm das war, wie unangemessen und gefährlich. Aber ich konnte nicht mehr raus, was hätten Sie getan? Ich bin über eine Sitzbank nach hinten gesprungen und die in Deutschland lebenden Araber haben mir Platz gemacht, bis zum Kind, das mittlerweile in den Armen seiner schreienden Mutter lag. Ich habe gerufen: »Hat jemand einen Kugelschreiber?«, und mir wurden bestimmt zehn Kugelschreiber von allen Seiten gereicht. Ich wusste nicht, was ich mit den Kugelschreibern genau anfangen sollte. Ich würde selbstverständlich keinen Luftröhrenschnitt an einem Kind probieren.

Ich habe das in Deutschland lebende arabische Kind genommen und angeschaut. Dann habe ich zwei Finger dahin gelegt, wo ich glaube, dass man zwei Finger hinlegt, um einen Puls zu fühlen, aber es gab keinen Puls. Dann habe ich mein Ohr an Mündchen und Näschen des Kindes gelegt. Ich glaube, da habe ich schon geweint. Und obwohl ich erst nichts hörte, ließ ich mein Ohr noch eine Weile an Mündchen und Näschen des Kindes. Vielleicht, weil ich nicht wusste, was ich sonst hätte tun können. Oder weil ich dachte, wenn ich noch ein wenig warte, fängt das Kind wieder an zu atmen. Und irgendwann, ich sage irgendwann, weil es mir wie eine sogenannte Ewigkeit vorkam, erkannte ich, dass das, was ich die ganze Zeit gehört hatte und für ein Flugzeuggeräusch gehalten hatte, in Wirklichkeit das Atmen des in Deutschland lebenden arabischen Kindes war. Ich legte noch einmal zwei Finger an eine Stelle, von der ich dachte, dass man einen Puls fühlen könne. Und diesmal gab es eindeutig einen Puls. Die Farbe des Köpfchens war nicht mehr dunkelblau, sie war vielmehr dunkelgelb. Und so stand ich da, weinend und etwas zittrig, vor einer weinenden Mutter, umringt von weinenden Männern, etwa zehn Kugelschreiber in der Hand und ein lebendes, vielleicht sogar gesundes Kind im Arm.

Herr Gänsehaupt, in diesem Moment fing meine Zeit als in Deutschland lebender Araber an. Wir mussten uns dann anschnallen und nach der Landung in Rom, die übrigens länger als nur ein paar Sekunden dauerte, stand schon ein Krankenwagen bereit. Ich brachte das Kind und die Mutter raus, in den Krankenwagen, und die Ärzte fragten mich ein paar Sachen auf Englisch, auf die ich natürlich keine Antwort wusste. Vor allem, weil ich kein Arzt bin. Ich nickte und schüttelte abwechselnd den Kopf.

Zurück im Flugzeug hatte ich kein schlechtes Gewissen mehr. Ich habe es genossen, in Deutschland lebender Araber zu sein. Ich habe viele Küsse bekommen und meine Hände wurden gedrückt, und als die Stewardess mit Getränken kam, da habe ich um ein Bier gebeten und plötzlich haben auch alle anderen in Deutschland lebenden Araber ein Bier genommen, sodass es zu wenig Bier gab, weil normalerweise auf diesem Flug niemand Bier trinkt. Und dann mussten einige in Deutschland lebende Araber Gin Tonic trinken und einer hat sich sogar Whiskey Cola bestellt, worüber wir alle, wir, in Deutschland lebende Araber, gemeinsam gelacht haben, weil das sehr witzig war. Das kann ich Ihnen nicht näher erklären. Das ist so ein Ding von in Deutschland lebenden Arabern.

Ich hätte es dabei belassen sollen. Ich hätte es genießen sollen. Ich hätte bleiben sollen, was ich in dem Moment war. Ich weiß nicht, warum ich es getan habe. Aber bevor ich in Tripolis aus dem Flugzeug gestiegen bin, habe ich den Steward gefragt, ob er wisse, was mit dem Kind geschehen sei.

Herr Gänsehaupt, zur Ironie gehört auch, dass dieser Steward mir gesagt hat, dass er eigentlich keine Auskunft darüber geben dürfe, dass er es mir, da ich ja Arzt sei, aber wohl sagen dürfe. Ich will es Ihnen nicht sagen, ich will es niemals sagen und am liebsten wäre es mir, ich hätte es nie gewusst. Aber dieser Moment, in dem ich es dann wissen musste, weil der Steward mir sagte, was mit diesem Kind passiert war, nachdem es in Rom in einem Rettungswagen noch geatmet hatte, war auch der Moment, an dem ich aufhörte, ein in Deutschland lebender Araber zu sein. Ich war dann ein Deutscher in Tripolis.

Und Sie habe ich auch nicht gefunden.

Und bei meiner Rückreise hatte ich keine Lust mehr, das Spiel mit Goethe zu spielen.

Also, Herr Gänsehaupt, ich glaube, dass Sie auch ein in Deutschland lebender Araber waren. Irgendwann. Für eine kurze Zeit. Für ein paar Jahre, wer weiß.

14.
Generationen

Wussten Sie, dass eine Generation dreißig Jahre lang ist? Also, das wussten Sie sicher, aber wissen Sie auch, was das bedeutet? Ich gehöre zur Generation Y. Die Generation vor mir war die Generation X. Obwohl zwischen Generation X und Generation Y theoretisch dreißig Jahre liegen, gibt es Menschen aus der Generation X, die keine zehn Jahre älter sind als ich. Mathematisch scheint das schwierig zu sein. Vielleicht:

$$\sum\_\{Z \in genX\} (30\pm29) \neq \sum\_\{Z \in genY\}(n-\#genX)$$

Die Generationen werden immer kürzer, weil alles schneller geht. So habe ich es verstanden. Es gibt digital natives, die sind nur ein Jahr älter als ich. Vielleicht also so:

$$\sum\_\{Z^\{i\} \in genX\} ((30\pm29) * E[Leben\_Z^\{i\}])/n \neq \sum\_$$
$$\{Z^\{i\} \in genY\} ((n-\#genX) / E[Leben\_Z^\{i\}]) \Leftrightarrow \sum\_$$
$$\{Z^\{i\} \in genX\} ((30\pm29) * Int\_\{Z^\{i\} \in genX\} [Leben\_$$
$$Z^\{i\}])/n \, dP \neq \sum\_\{Z^\{i\} \in genY\} ((n-\#genX) / Int\_\{Z^\{i\}$$
$$\in genY\}[Leben\_Z^\{i\}])dP$$

Verstehe Sie, was ich meine? Und vor allem, was das bedeutet? Der nächste generationenübergreifende Familienroman kann zum Beispiel ein Roman sein, in dem es nur um eine Person geht. Er könnte auch sehr viel kürzer sein als, sagen wir, die Buddenbrooks. Vielleicht nur eine Kurzgeschichte. Oder ein einzelnes Instagram-Foto. Instagram? Weiß ich auch nicht. Das weiß meine Generation nicht. Meine Generation hört auch nicht mehr zu. Meine Generation ist verloren. Ich gehöre zu einer Generation, deren Mitglieder den Preis von allem kennen und den Wert von nichts. Mein Onkel, egal welcher, gehört zu einer Generation, die noch Sachen repariert haben. Meine Oma gehörte zu einer Generation, deren Mitglieder noch Socken gestopft haben.

Ich habe lange nach meiner Generation gesucht. Ich habe zum Beispiel in einem Jugendclub gesucht, in dem es einen Kicker und viele Türken gab. Ich weiß, dass Ihre Generation glaubt zu wissen, was viele Türken heißt. Aber das ist auch nicht so wichtig. Wer gewinnt, bekommt von den Gegnern eine Cola. Und wer zu Null gewinnt, der bekommt eine Kiste Cola. Wer weder die Cola noch die Kiste bezahlt, der soll, so hieß es, den Jugendclub nicht lebend verlassen. Alle haben bezahlt. Es gab einen, der hieß Hakan, der war ziemlich gut. Und ich habe nie erfahren, ob ich gut oder schlecht bin, weil ich nie gespielt habe. Nach einer Weile habe ich entschieden, dass das nicht meine Generation ist. Ich habe auch bei den Pfadfindern nach meiner Generation gesucht. Ich hatte sogar einen Pfadfindernamen. Nehcal. Das heißt Lachen rückwärts. Ich habe den Namen bekommen, weil ich nie gelacht habe. Deshalb rückwärts. Beim Wandern war ich immer der Letzte und beim Packen auch und beim Feuermachen und beim Abspülen, und beim Singen habe ich

falsch gesungen, und alle hatten schon das blaue Halstuch und eine Anstecknadel, während ich lediglich ein
gelbes Halstuch hatte. Außerdem gab es etwas, was die
Pfadfinder »bündisch« genannt haben, und das war sehr
wichtig. Bündisch war es zum Beispiel, ohne Isomatte
auf dem Waldboden zu schlafen. Oder bei Regen tro-
ckenes Feuerholz zu finden. Bündisch war es aber auch,
beim Wandern vorne mitzulaufen, schnell seinen Affen
zu packen, schnell ein Feuer anzuzünden, schnell abzu-
spülen, ein blaues Halstuch mit vielen Anstecknadeln
zu tragen und mutig und laut zu singen. In der Gruppe.
Nach einem Jahr war mir klar, dass das nicht meine Generation sein konnte. Ich habe sie auch auf einem Internat
gesucht. Das wäre eine Geschichte für ein ganzes Buch.
Aber machen wir es kurz, da bin ich auch nicht fündig
geworden. Es gab einen, bei dem dachte ich ... aber nein,
auch der nicht.

Meine Generation fährt einen Golf V, die Generation
von Tarzan fuhr einen VW T3. Meine Generation fliegt
mit dem Flugzeug, die Generation von Tarzan fährt mit
dem Auto. Meine Generation findet, dass Autos schlecht
für die Umwelt sind, Tarzans Generation findet, dass
Autos in Stuttgart erfunden wurden. Meine Generation kocht sich gerne schnell etwas zu essen, meine Generation kauft sich etwas zu essen und isst beim Gehen. Tarzans Generation hatte einen Campingkocher
im VW T3. Meine Generation kann mit dem ICE in ein-
einhalb Stunden von Hamburg nach Berlin fahren und
im Bordbistro einen Kaffee mit der Kreditkarte bezah-

len. Tarzans Generation hatte Angst vor dem Atomkrieg. Meine Generation sitzt auf den Stufen vor Hauseingängen und raucht und spuckt und steckt die Hose in die Socken. Die Generation meiner Mutter stand auf, wenn der Lehrer die Klasse betrat, Tarzans Generation stand viel im Stau. Meine Generation schneidet sich mit Messern in die Unterarme. Omas Generation wusste von nichts, Tarzans Generation wusste, dass Omas Generation sehr wohl von etwas wusste, aber dass Oma selbst tatsächlich nichts wusste, und meine Generation weiß, dass das alles nicht so einfach ist und resigniert vor der Komplexität von allem. Tarzans Generation weiß, dass Omas Generation auch noch Kopftücher getragen hat, Bertis Generation weiß, dass es immer was zu essen im Haus gibt, und Omas Generation weiß, dass es immer etwas zu essen im Haus geben muss. Meine Generation nimmt den Döner mit wenig Zwiebeln. Omas Generation weiß, dass sich süße Milch lange hält. Tarzans Generation weiß das auch, und meine Generation weiß das auch. Die Generation von meiner Mutter weiß, dass sie etwas Anständiges lernen muss, falls sie keinen Mann abbekommt, sie weiß auch, dass es dafür wichtig ist, dass man eine Scheibe Brot gerade abschneiden kann. Arts Generation weiß, dass das Wort wichtig ist, und Tarzans Generation weiß, dass das Wort eines Mannes wichtig ist. Meine Mutter und ihre Generation wissen, dass Reden Silber ist und Schweigen eine Frage der Generationen. Meine Generation weiß, dass Bilder wichtiger sind als Wörter und dass Wörter wichtiger sind als Worte, wenn es die denn überhaupt gibt, daran zweifelt meine Generation, was Tarzans Generation nicht verstehen kann. Alle Generationen wissen, dass ein Auto Wohlstand bedeutet, dass man sich auch einmal einen Urlaub leisten können will, dass die Bildzeitung nur was für Dumme ist. Dass die CDU für die Reichen ist. Und die SPD gegen die Armen.

Das habe ich jetzt sehr allgemein gelassen, das Letzte. Aber Sie wissen ja sicher, was ich meine. Ihre Generation weiß das ja auch.

Was meine Generation nicht versteht:
· Dass es normal ist, auf einer 300-km-Fahrt mit dem reparierten Auto vier Mal liegen zu bleiben.
· Dass Autos früher länger gehalten haben.

Was die andere Generation nicht versteht:
· Dass Autos nicht liegenbleiben müssen.
· Dass sie aber von Zeit zu Zeit repariert werden müssen.
· Dass Autos vielleicht länger gehalten haben, dass Autos vielleicht aber auch nicht länger gehalten haben.

Was Art nicht versteht, ist alles; was Tarzan versteht, ist alles.

Berti war mit seiner Generation, die häufig sagt, dass etwas ein »starkes Stück« sei, in Ägypten zum Urlaub, und am Flughafen stand er beim Check-in in einer Reihe mit so vielen Menschen seiner Generation, wie in einen Airbus A320 passen. Es gab auch Kinder, Kinder seiner Generation, die erst ein paar Jahre alt waren, vielleicht auch zwölf oder sechzehn Jahre. Aber die sind natürlich trotzdem von seiner Generation. Sie stehen in der Generationsschlange nach Ägypten, ein Geburtsjahrgang macht noch keine Generation, eine Schwalbe macht ja auch noch keine komplizierte evolutionäre Entwicklung.

Bertis Generation redet in der Schlange zur Abfertigung über die Üppigkeit von Hotelbars in Ägypten und dass es Kaffee und vier verschiedene Sorten Tee auf den Zimmern gibt. Sie reden über das Frühstück, das sie haben werden, in Ägypten. Sie reden darüber, dass dort alles so billig sei, dass man aber auch aufpassen müsse, dass sie einem nichts andrehen würden. Sie reden über ihre Arbeit, zu der sie zurückkehren, nach Deutschland. Sie sagen, dass sie die ganze Küste nach einem Gewürz abgesucht haben, das ihnen schmecken würde. Sie erzählen, wie sie nach dem Gewürz gefragt haben: »What spice do you have«, und sie korrigieren sich, weil sie zu einer korrigierenden Generation gehören, sie sagen: »Nein, nein, das heißt what kind of spice you have. What kind!«

Und sie sagen: »Die sind ja sehr arm hier, deshalb muss man aufpassen.«

»Ja, die sind ja sehr arm hier, deshalb gebe ich gerne mal ein bisschen mehr.«

»Wir sind ja auch arm, aber das hier ist ja was ganz Anderes. Die sind ja wirklich arm.«

»Und mal ganz abgesehen vom Brot, das ist schon ein ziemlich starkes Stück.«

»Das mit dem Durchfall hielt sich eigentlich in Grenzen.«

»Ganz nette Leute. Also wirklich, das muss ich schon sagen, obwohl die alle so arm sind.«

»Natürlich sind nicht alle so nette Leute, aber die meisten sind schon sehr nett, ja.«

»Aber wie die mit den Frauen umgehen, das geht nicht.« »Wie gehen die denn mit den Frauen um?« »Na, dass die auf der Straße so rumschreien.«

Meine Generation findet, dass man schwul nicht als Schimpfwort benutzt, Schwuchtel aber schon. Meine Generation findet das mit den Frauenrechten gut, aber meine Generation findet auch, dass es trotzdem Fotzen gibt.

Als in unserem Fernseher eine Hungersnot in Äthiopien lief, da hat meine Oma zu meiner Mutter mit der Stimme ihrer Generation gesagt: »Die können einem schon leidtun, diese Neger. So arm. Und so hässlich.« Und die Generation meiner Mutter hat gelernt, darüber entsetzt zu sein. Und meine Generation hat gelernt, dass es auch ironisch gemeint sein kann. Oder irgendwie gemeint sein kann.

15.
Dinge, die ich kaputt gemacht habe

Meine Mutter mag Dinge. Sie mag, wenn sie schön sind, die Dinge. Ich habe weniger dafür übrig. Ich sehe, dass Sie eine Uhr an der Wand haben, dass Sie sich Mühe gegeben haben, ein Sofa auszusuchen, das zu der Wandfarbe passt, oder aber, dass Sie sich Mühe gegeben haben, dass die Wandfarbe zum Sofa passt. Sie haben kleine Gegenstände auf dem Schreibtisch. Darf ich? Natürlich darf ich, hier drin darf ich vermutlich alles, nicht wahr? Also, ein Brieföffner, ein Stein, eine Kugel aus Glas. Sie können also auch Ironie. Meine Mutter hat auch so Dinge, viele, sie macht sie auch selber. Sie hat zum Beispiel Lampenschirme aus verschiedenfarbigen Papierbögen gemacht. Sie hat diese Papierbögen auf eine bestimmte Art gefaltet, sodass daraus Sterne geworden sind. Und diese Sterne hatten eine Öffnung, wo die Glühbirne durchkonnte und dadurch wurden die Papierbögen zu sternförmigen Lampenschirmen.

Sie hatte auch eine Butterschale aus Glas. Das ist etwas komplizierter. Es war eine Schale, in die ein Stück Butter passt. Und dann gibt es noch eine Haube aus Glas, die man darüberstülpen kann. Mir ist klar, dass Sie das kennen. Aber an dieser Schale war das Besondere, dass die Haube auch unter die Schale gepasst hat. Dann war die Haube ein Sockel und die Schale ein Podest. Wie auch immer, ich habe diese Schale kaputt gemacht. Ich war zwar noch klein, aber vielleicht nicht mehr klein genug. Es gibt ein Alter, ab dem man niemand mehr ist, der eine Butterschale kaputt macht. Und ich muss dieses Alter gerade so erreicht haben. Aber es muss knapp gewesen sein. Einerseits habe ich die Butterschale kaputt gemacht und war alt genug zu wissen, dass es überhaupt nicht in Ordnung war, die Butterschale kaputt zu machen. Ich hatte ein schlechtes Gewissen und ich habe die Scherben eingesammelt und zu meiner Mutter getragen und ihr gesagt, dass ich die Butterschale kaputt gemacht habe. Auch dafür muss man ja in ein gewisses Alter gekommen sein.

Andererseits kann ich mich nicht mehr daran erinnern, die Butterschale kaputt gemacht zu haben. Ich kann mich nicht an den Schmerz erinnern, den meine Mutter gefühlt hat, als ich mit der zerbrochenen Schale zu ihr gekommen bin. Doch, Herr Gänsehaupt, es gab einen Schmerz. Auf jeden Fall gab es diesen Schmerz. Damals war ich noch nicht in dieses Alter gekommen. Vielleicht ist es Ihnen ja aufgefallen, dass ich da gerade eine Zeitform benutzt habe, die ich bis jetzt umgehen konnte? Bitte, da ist nichts hineinzulesen. Es ist mir einfach herausgerutscht. Also der Schmerz. Heute bin ich in einem Alter, in dem ich den Schmerz fühlen kann. Wenn zum Beispiel eine Ecke eines sternförmigen Lampenschirms eingedrückt ist. Und meine Mutter sagt, wie schade sie das finde, dann ist da dieser Schmerz. Ob ich das ernst meine? Selbstverständlich. Ich gebe zu, ich habe viel über Ironie gesprochen. Da kann Ihnen schon der Gedanke kommen, dass ich es so – und so meine. Aber so ist es nicht.

Neulich lag einer auf der Straße, und ich habe den Schmerz gespürt. Eine Frau mit dünnen Beinen hat sich im Regen den Mantel zugehalten und ich habe den Schmerz gespürt. Einer hat Geld in einen Fahrscheinautomaten geworfen und laut ausgeatmet. Einer geht langsam, weil seine Beine krumm sind, eine weint, eine kämpft mit ihrer Zeitung, eine streicht mit der Hand über das Glas an der Wursttheke, als es ganz still ist. Einer ruft über die Straße, eine rutscht auf ihrem Stuhl hin und her, einer liegt allein auf einer Wiese und schaut. Und einer steht einfach nur an der Ampel. Und jedes Mal derselbe Schmerz. Einer trägt eine Baseballmütze und riecht nach Rauch, eine findet etwas auf dem Boden und hebt es auf, eine trägt einen Mantel und ist alt. Einer geht ein paar Meter. Einer haut mit einem großen Hammer gegen eine Hauswand und stinkt, einer steigt aus seinem Auto, wirft eine Zeitung auf einen Passanten und steigt wieder in sein Auto, das rot ist. Eine hat eine Flasche Bier in der Hand. Und alles fühlt sich an wie eine zersprungene Butterschale.

Meine Mutter macht jeden Morgen ein Sudoku. Und wenn sie einen Fehler macht, dann schreibt sie das Sudoku ab, auf ein neues Blatt Papier, und beginnt von vorn. Sie gießt ihre Pflanzen und spricht mit ihnen. Sie kennt alle Blätter und wenn ein neues dazu kommt, dann ist sie etwas stolz. Sie zeigt etwa auf ein Blatt am Stiel einer Pflanze und sagt: »Schau, da kommt noch was.« Und manchmal geht eine ein. Meine Mutter verkraftet das ganz gut. Aber bei mir ist dann wieder dieser Schmerz.

Heute habe ich selbst eine Butterschale, aber ich benutze sie nicht. Ich schäle die Butter nicht aus der Verpackung, das macht meine Generation einfach nicht. Ich benutze auch die Butter eigentlich nicht. Meistens wird sie ranzig und ich muss sie wegschmeißen, bevor ich neue Butter kaufe, die ranzig wird, usw. Auch das tut weh. Alles schmerzt ein bisschen.

Weihnachten vor zwei Jahren habe ich mich mit meinen Handschellen so verhakt, dass ich die Schale mit der Wallnusssoße auf den Boden habe fallen lassen. Die Schale ist heil geblieben, aber sie hat sich um 180° gedreht, sodass die Wallnusssoße über den Boden gespritzt ist. Alle waren still und wie eingefroren. Die Wallnusssoße ist die Lieblingssoße von allen. Ich habe genau gespürt, was alle gespürt haben. Die Enttäuschung und die Trauer und die Resignation. Und ich habe diesen Schmerz gespürt, grad hier beim Solarplexus. Aber noch bevor irgendwer diese Gefühle nach außen tragen konnte, hat Otto ein Stück Reh genommen, ist aufgestanden und hat sich auf den Boden gesetzt. Dann hat er sein Stück Reh in die Soße gedippt.

Es hat immer noch wehgetan. Aber manchmal ist die Familie wie ein Pflaster.

16.
Meine drei Frauen

Ich habe Ihnen Tarzans Frauen versprochen. Und Sie sollen sie haben. Aber ich möchte auch über meine Frauen sprechen.

Meine erste Frau war ein Mädchen und ich war ein Junge und wir waren beide sechs. Wir haben uns erst in einem Gebüsch geküsst, was vor allem eklig war. Dann haben wir uns ausgezogen, aber weil es kalt war, haben wir uns schnell wieder angezogen und sind zu mir nach Hause gegangen, weil meine Mutter nicht da war. In meinem Bett habe ich mich hingelegt und sie hat sich so auf mich gelegt, dass mein Penis direkt auf meinen Bauch geklappt ist. Dann andersherum, und wieder klemmte mein Penis zwischen unseren Bäuchen. Sie hat vorgeschlagen, dass ich meinen Penis in die Höhe halte, während sie sich auf mich setzt. Aber es schien, als sei der Schlitz zwischen ihren Beinen eine Attrappe. Sie hat dann vorgeschlagen, dass wir uns zwischen den Beinen küssen und in dem Moment ist meine Mutter nach Hause gekommen und direkt in mein Zimmer. »Ach, Ayyub!«, hat sie gesagt, »du bist auch hier?« Ayyub ist dann gegangen. Ich habe mich zu meiner Mutter in die Küche gesetzt. Sie sagte »Na?«, und dann hat sie mir erzählt, was passiert, wenn der Penis und die Scheide sich ineinander verhaken. »Also, der Penis denkt sich dummdidumm, ich habe

119

hier eigentlich wenig zu tun. Und dann sieht er plötzlich eine Scheide. Oder vielleicht riecht er auch als erstes die Scheide und dann bekommt der Penis plötzlich Hunger. ›Hm‹, denkt sich der Penis, ›so eine leckere Scheide, das wäre jetzt genau das Richtige.‹ Und wenn beide so richtig hungrig sind, dann vergessen sie alles um sich herum. Aber der Penis ist vielleicht krank und sollte lieber alleine zu Hause im Bett liegen. Und wenn der Penis dann die Scheide ansteckt, dann kommt sich der Penis wie ein richtig großer Arnelodd vor.

Verstehst du, was ich dir da sage? Sex ist auch etwas sehr Schönes.«

Kennen Sie diesen Witz:

Frage: Wie lange braucht eine in Deutschland lebende arabische Frau, um den Müll runterzubringen?

Antwort: 9 Monate.

Ayyub und ich sind uns danach aus dem Weg gegangen, sie musste eine Klasse wiederholen und dann ... ach, was soll's, ich war es, ich musste eine Klasse wiederholen und wir haben uns nur noch selten gesehen, um uns aus dem Weg zu gehen. Ich hatte noch sehr lange Angst vor kranken Eierstöcken und schniefenden Penissen.

Dann gab es eine, mit der ich Unterwäsche in einem Warenhaus anprobiert habe. Aber von der habe ich Ihnen ja schon erzählt.

Meine nächste richtige Freundin hieß Raya und war eine geheime Freundin. Zehn Jahre später. Ich habe sie kennengelernt über die Freundin eines Freundes oder den Freund einer Freundin, jedenfalls gingen wir in die gleiche Schule und hätten uns auch ohne die Freunde kennenlernen können. Wir sind ins Kino gegangen und spazieren und es ging lange so. Ihre Hand und meine Hand trafen sich wie zufällig im Kino. Aber ich dachte: Ihre Hand und meine Hand trafen sich zufällig im Kino. Sie schaute mir in die Augen und ich dachte, dass Freunde das so machen. Sie umarmte mich, weil es kalt war, und ich dachte: Sie umarmt mich, weil es kalt ist. Sie kam ganz nah mit ihrem Mund an meinen und ich habe überlegt, ob das vielleicht ein Zeichen sein könnte. Und dann hat sie den Kopf geschüttelt und gesagt: »Okay, ich küss dich jetzt. Aber wenn ich das gemacht habe, dann will ich, dass deine Schüchternheit verschwindet.«

Ich habe zwar eingewilligt, aber nicht darüber nachgedacht. Sie hat mich geküsst. Es war sehr schön. Weich und schön. Sie saß auf meinem Schoß und ich in einem Sessel, der in meinem Zimmer in der Wohngemeinschaft stand, in der ich lebte. Das war in St. Georg und das Haus war eigentlich ein Bordell. Nur eine Wohnung im Hochparterre gab es. Alles andere waren Einzelzimmer, die stundenweise von fast volljährigen Prostituierten gemietet werden konnten. Einmal hat eine Frau frühmorgens an die Tür geklopft und wollte Feuer für ihr Blech. Ich habe gefragt, was ein Blech sei. Sie war freundlich und erstaunlich geduldig und hat mir erklärt, dass, wenn man Heroin auf einer Alufolie heiß mache und dann den Dampf durch einen Strohhalm einatme, dass man das dann ein Blech nennen würde. Dann habe ich ihr Feuer gegeben. Und sie hat gesagt: »Das habe ich jetzt wirklich gebraucht, so ein Frühstücksblech.« Das hat nicht viel mit den Prostituierten zu tun, ich wollte es nur einfach mal jemandem erzählen. Obwohl, genau genommen war die Frau schon eine Prostituierte.

Na ja, wie auch immer. Jedenfalls, Sie können es sich vermutlich vorstellen, Herr Gänsehaupt, ich dachte gar nicht daran, meine Schüchternheit abzulegen. Ich hatte sie ja gerade erst erworben! Nie war ich schüchtern. Immer der Lauteste. Wenn jemand sagte, ich würde mich nicht trauen, zwei Fässer Bier zu klauen, dann habe ich zwei Fässer Bier geklaut. Wenn jemand etwas gesagt hat, dann habe ich es lauter gesagt. Wenn in der Klasse Platz für einen Witz war, dann habe ich diesen Witz erzählt. Ich war das erste Mal schüchtern. Es hat sich nicht gut angefühlt. Und ich konnte auch gar nicht damit aufhören, schüchtern zu sein, selbst wenn ich es gewollt hätte. Aber es war neu, das Gefühl.

Alles, was ich dachte, fühlte, sah – alles war Raya. Ich stand etwas außerhalb dieser Eindrücke und war ihnen so schutzlos ausgeliefert, dass ich nicht eingreifen konnte. Ich konnte nichts stoppen oder verlangsamen oder wegschieben. Weil ich so schüchtern war, konnte ich nicht mal teilen, was ich fühlte, vor allem nicht mit Raya. Klar, ich habe gesagt: »Ich liebe dich.« Aber sie hatte keine Ahnung, dass sie vollständig in mir gelebt hat, dass ich alles mit ihr geteilt habe, was ich wahrnahm. Deshalb gehörte mir die Beziehung, solange ich schüchtern war. Raya hatte damit wenig zu tun. Es gab die Raya, die mich geküsst hat. Und dann gab es eine zweite Raya, die in meinem Kopf war.

Raya und ich haben direkt nach dem ersten Kuss miteinander geschlafen. Noch auf dem Sessel. Es hat nicht lange gedauert. Aber für mich und für die Raya in mir hat es ewig weiter angedauert.

Dann habe ich erfahren, dass unsere Beziehung eine geheime sein muss. Weil sie aus Algerien kommt und ihre Eltern uns beide in einem Wald verscharren würden. Tarzan sagte, dass in Deutschland lebende Algerier das machen würden. Herr Gänsehaupt, ich sag's Ihnen, so eine geheime Beziehung ist viel weniger spannend, als es sich anhört oder als man es in Filmen dargestellt bekommt, zum Beispiel in diesem Film mit dem reichen Mann und der Nutte. Wir konnten uns nicht draußen treffen, sondern immer nur auf meinem Sessel, kein Picknick im Park, kein Osterfeuer am Elbstrand. Kein Über-Nacht-Bleiben, kein An-den-Händen-Halten, kein Kuss unter der Sonne.

Wenn wir uns auf der Straße begegneten, was passierte, dann musste ich so tun, als ob ich sie nicht kennen würde. Einmal habe ich zu lange in ihre Richtung geschaut, da hat sie mich auf offener Straße angeschrien. »Was glotzt'n du so, du Perverser!«

Später hat sie sich dann bei mir auf dem Sessel dafür entschuldigt. Sie hat geweint. Sie hat oft geweint.

Wir sind häufig ins Theater gegangen. In unterschiedliche Vorstellungen. Ich am Donnerstag in Woyzeck im Thalia-Theater und am Freitag in irgendwas Modernes am Schauspielhaus. Und sie am Donnerstag ins Schauspielhaus und am Freitag zu Woyzeck. Kennen Sie Woyzeck? Ein Stück, in dem ein armer Soldatendiener von einem Arzt und einem Tambourmajor ausgenommen und gedemütigt wird. Er muss Erbsen essen und wird krank und am Ende kann er nicht anders, als bei einem gemütlichen Spaziergang seine Frau, die auch noch untreu ist, zu ermorden. Die Frau steht bestimmt für alle Frauen. Der Arzt und der Tambourmajor für die herrschende Klasse. Und Woyzeck selbst steht für den einfachen Mann. Das war übrigens eine Zeit, in der Woyzeck in ganz Deutschland so oft aufgeführt wurde wie sonst nur Telenovelas. Und die Vorstellungen waren immer ausverkauft. Ich glaube, wenn heute im ganzen Land nur dieses Stück laufen würde, für immer und immer, dann wären die Vorstellungen immer und immer ausverkauft. Na ja, jedenfalls haben wir uns dann am Samstag bei mir auf dem Sessel getroffen und über beide Theaterstücke gesprochen. Sie fand eigentlich alles sehr schlecht. Und ich fand eigentlich alles sehr gut, habe mich aber nicht getraut, das zuzugeben. Wenn ich ihr voll und ganz zugestimmt hatte, hat sie erst mich ausgezogen, dann sich, und dann hat sie mir einen geblasen. Ich weiß nicht, ob sie das vielleicht auch getan hätte, wenn ich ihr widersprochen hätte. Aber es hätte sicher länger gedauert und ehrlich, ich hatte nur sehr wenig Meinung zu den meisten Stücken. Es hätte nie für ein Gespräch gereicht, sicher nicht für einen ganzen Streit. Manchmal haben wir uns mit den Terminen vertan und sind dann versehentlich in das gleiche Stück zur selben Zeit gegangen. Wir taten wie immer so, als würden wir uns nicht kennen und saßen in verschiedenen Reihen, möglichst weit voneinander entfernt. Nach der Vorstellung ging ich dann schnell nach Hause auf meinen Sessel und Raya blieb noch ein paar Minuten im Foyer. Einmal saß sie nicht alleine. Also klar, sie saß nie alleine im Theater, da waren immer noch andere, die Theater waren gut besucht zu der Zeit, alle wollten Woyzeck sehen. Aber dieses eine Mal hatte ich das Gefühl, dass der Mann neben Raya sie kannte. Ich saß in der zwölften oder dreizehnten Reihe und Raya saß ganz vorne, in der ersten Reihe. Ich glaubte zu erkennen, dass es sich bei dem Typen um einen in Deutschland lebenden Araber handelte. Die beiden schienen vertraut, so vertraut, dass ich nicht anders konnte, als ein wenig eifersüchtig zu sein. Ich meinte zu sehen, wie sich ihre Hände trafen und wie ihr Haar auf seiner Schulter landete, vielleicht sogar die Wange streifte. Auf das Stück konnte ich mich nicht konzentrieren. Und dann machte sie etwas Merkwürdiges. Mitten im Stück stand sie auf und ging aus dem Saal. Ein paar Minuten später kam sie wieder herein. Aber sie hatte sich umgezogen. Sie trug einen Rock, ich war mir ganz sicher, einen langen, dunkelgrünen Rock. Aber als sie wieder hereinkam, trug sie eine weiße Strumpfhose und einen kurzen roten Rock. Vorher trug sie eine Bluse und jetzt ein Top und darüber eine Jacke mit Nieten. Ich war mir nicht ganz sicher. Aber ich meine, sie hätte einen Zopf gehabt beim Rausgehen und trug nun die Haare offen.

Eine Woche später saß ich auf meinem Sessel und Raya richtete sich gerade wieder auf und wischte sich über den Mund, als ich allen Mut zusammennahm, sagt man ja so, aber wie sollte man auch nur einen Mutteil benutzen, na ja, jedenfalls fragte ich sie, wer der in Deutschland lebende Araber gewesen sei, der neben ihr gesessen habe. Und sie antwortete, dass das ihr Cousin gewesen sei.

Also zum Sex: Wir hatten Sex und ich fand ihn gut. Allerdings war es mein erster Sex und ich hatte keine Ahnung, ob er gut war oder nicht. Komischerweise kann ich heute auch nicht sagen, ob er nun gut war oder eher nicht. Ist das nicht merkwürdig? Ich erinnere mich noch ganz genau an alles, was wir gemacht haben. Aber ich könnte es nicht bewerten. Damals fand ich den Sex unvergleichlich gut. Wie Raya den Sex fand, habe ich erst herausgefunden, als sie mich auf bestimmte Dinge aufmerksam machte. Erst sowas wie »den Finger hier« oder »den Finger nicht hier« oder »du kannst es auch einmal so probieren, ich finde das gut« und so weiter. Und ich habe alles gemacht, ohne genau zu wissen, wie ich das so fand. Meine Finger wanderten über ihren Körper wie über ein Musikinstrument. Aber nicht über ein Saiteninstrument, sondern tapsiger. Wie über ein Klavier. Und sie schrieb die Partitur dazu. Ihre Anliegen wurden mutiger, je mehr wir miteinander sprachen. Sie wollte, dass ich sie würge, dass ich sie schlage oder dass ich sie aus dem Bett auf den Boden werfe. Einmal habe ich sie gewürgt und sie konnte kaum noch sprechen. Sie hat geröchelt und versucht, etwas zu sagen. Ich dachte, dass es doller hieße, aber es war schon viel zu doll, fand ich. Also habe ich gesagt: »Raya, das muss reichen!«, und sie hat mir mit den Fingernägeln übers Gesicht gekratzt. Dann habe ich losgelassen und Raya hat über den Rand des Sessels gekotzt. »Hast du nicht gehört, dass ich Stopp gerufen habe?« Herr Gänsehaupt, das war mir so unangenehm. Ich hatte da das erste Mal das Gefühl, dass sie mich misshandelte, damit ich sie misshandle. Verstehen Sie?

Danach haben wir es ruhiger angehen lassen. Ich habe mich etwa einhundertdreiundsechzig Mal entschuldigt. Und Raya hat einhundertzweiundsechzig Mal gesagt, dass es nicht so schlimm sei. Wir haben dann anders weitergespielt. Raya wollte, dass ich ihr Aufgaben gebe, die sie zu erfüllen habe. Zum Beispiel ohne Unterwäsche zum Kiosk gehen, um Zigaretten zu kaufen. Ist das normal? Vermutlich schon. Ihre Aufgabe war, beim Abendbrot mit der Familie mit den Händen zu essen. Und dabei so zu tun, als sei alles ganz normal. Natürlich auch ohne Unterwäsche. Oder im Bus die Hand von einem fremden Mann halten. Oder sie sollte ihrem Lehrer einen Kuss geben. Das fiel mir alles viel leichter. Wissen Sie? Weil ich nicht dabei sein musste. Raya verlangte immer neue Aufgaben. Und sie hat gemacht, was ich sie hab machen lassen. Und dabei war sie immer weit entfernt, bei ihren

Eltern, in der Schule oder sonst wo. Trotzdem gab es keinen Moment, in dem sie nicht in meinem Kopf gewesen wäre.

Es ging so, wie es ging. Ich habe eine Schule abgebrochen und in einer anderen Schule neu angefangen. Raya machte ihr Abitur. Ich wiederholte die zehnte Klasse zum dritten Mal. Sie brachte ihre Hausaufgaben mit und löste sie auf meinem Sessel und dann habe ich ihr meine Hausaufgaben gegeben. Sie hat mich manchmal ausgelacht, weil meine Hausaufgaben so einfach waren und ich trotzdem nicht in der Lage war, die zehnte Klasse zu bestehen. Einmal habe ich gefragt, mit wem man denn eigentlich die Kurven diskutieren würde, und sie hat geantwortet, dass, wenn ich noch dümmer würde, sie sich jemand anderes für die Hausaufgaben suchen müsse. Das hat sehr wehgetan. Ich habe gesagt, dass ich schon wisse, dass man die Kurven mit sich selbst diskutiere, aber mit wem man sie eigentlich diskutiere. Dann hat sie mich in den Arm genommen und gesagt, dass es ihr leidtue und dass es ja nur Schule sei.

Ich traf mich seltener mit meinen Freunden. Ich hatte einen Job in meinem Haus in der Wiener Straße. Wenn die Prostituierten mit ihren Freiern hereinkamen, musste ich sie am Empfang begrüßen. Ich stand hinter einer Theke und neben einem ausgestopften Bären. Nach der Begrüßung musste ich den Freiern zwanzig Euro für die Miete des Zimmers abnehmen und dann der Prostituierten einen Schlüssel für ein Zimmer geben. Ich selbst durfte drei Euro von den zwanzig Euro behalten.

Im Winter habe ich ganz aufgehört, in die Schule zu gehen. Morgens schlief ich lang und meistens wurde ich von Raya geweckt, die mit ihren Hausaufgaben kam. Dann saßen wir auf meinem Sessel und schwiegen. Am Nachmittag gab ich ihr eine Aufgabe und ging zur Arbeit. Um Mitternacht wurde ich abgelöst und dann bin ich schlafen gegangen.

Mir ist erst gar nicht aufgefallen, dass wir aufgehört hatten, über mehr zu reden als über Hausaufgaben. Es war auch nicht unangenehm. Die schönste Zeit, die ich mit Raya verbracht hatte, war ohnehin die, in der sie nicht da war. Dann habe ich die andere Raya in meinem Kopf angeschaut, von allen Seiten. Sie hat mir schöne Sachen gesagt und ich habe den Nutten ihre Schlüssel gegeben. Sie hat mir gesagt, dass sie mich vermisse und dass sie ohne mich nicht könne. Und ich habe gesagt, dass sie doch hier sei, bei mir, dass wir immer zusammen sein würden. Sowas halt. Ich war noch sehr jung. Aber die wirkliche Raya hat davon natürlich nichts mitbekommen, weil ich diese Gespräche ja nur mit der Raya in meinem Kopf geführt habe. Und der Raya in meinem Kopf habe ich Dinge gesagt, die ich der richtigen Raya nie, nie gesagt hätte. Schöne Dinge. Ich habe gesagt, wie schön ich es fände, sie zu küssen, wie schön ich es fände, mit ihr zu schlafen. Wie gut sie rieche, überall. Wie gut ihre Haare riechen würden, ihre Haut, sie hatte so eine bestimmte Crème benutzt, die hat auch gut gerochen. Und ihr Geschlecht hat nach frischem Brot gerochen. Das habe ich der Raya in meinem Kopf alles sagen können. Und das andere, das nicht so Schöne, das habe ich ihr auch sagen können. Dass es nicht gehe, dass sie immer nur für ihre Hausaufgaben komme. Dass mir ihr Vater egal sei und er lieber aufpassen solle, dass ich ihn nicht im Wald verscharre. Und dass ich mit ihr abhauen wolle, nach Niedersachsen, wie gesagt, ich war noch sehr jung.

Einmal war ich mir ganz sicher, Raya auf der Straße vor meinem Fenster gesehen zu haben. Sie ist ins Haus gekommen, weil der Hotelbesitzer gerade zufällig vor ihr hergegangen war. Dann habe ich gewartet, aber Raya ist nicht zu mir in die Wohnung gekommen. Ich muss Raya in meinem Kopf gesehen haben, da sehen Sie, wie dicht die beiden Rayas aneinander waren.

Herr Gänsehaupt, ich war glücklich, ohne zu wissen, wie unglücklich ich eigentlich war. Wie glücklich oder unglücklich Raya war, die echte Raya, das wusste ich nicht. Aber meinem Gefühl nach war unsere Beziehung nicht gesund. Sie blühte nicht, sie welkte auch nicht, sie stand. Sie war ein Poller in einer Einfahrt. Das war unsere Beziehung. Da habe ich jetzt genau das passende Bild gefunden.

Die echte Raya machte manchmal merkwürdige Dinge. Damit fütterte ich die Raya in meinem Kopf. Und sie wuchs in meinem Kopf zu einer Riesin. Mit Riesen-Augen und Riesen-Händen und Riesen-Pobacken und Riesen-Beinen. Die merkwürdigen Dinge, die Raya machte, waren zum Beispiel, dass sie eine Banane mit Schale aß, ohne dass es ihr komisch vorzukommen schien. Oder einmal habe ich zufällig gesehen, wie sie im Badezimmer die Zahnbürsten von allen, die in der WG wohnten, in den Mund nahm. Weil die Raya in meinem Kopf das nicht gemacht hat, habe ich sie nicht zur Rede gestellt. Hätte ich die echte Raya gefragt und die echte Raya hätte mir geantwortet, dann hätte auch die Raya in meinem Kopf antworten müssen, und davor hatte ich zu viel Angst. Aber ganz vergessen konnte ich es auch nicht. Ich war mir ziemlich sicher, dass die Banane und die Zahnbürsten Aufgaben waren. Aber Aufgaben, die ich ihr nicht gestellt hatte. Wer hatte ihr die Aufgaben gestellt? Irgendwann habe ich bei ihr zu Hause angerufen. Also bei ihren Eltern, wo sie gewohnt hat. Und der Vater hat abgehoben, ich nehme an, dass es der Vater war, und ich habe gesagt, dass ich der Direktor von der Schule bin, und dass Raya einem Mitschüler Geld geklaut hat. Weil ich wusste, dass der Vater Raya schlug.

Ich weiß nicht, warum ich das gemacht habe. Vielleicht war der Mann im Theater ja wirklich ihr Cousin. Und selbst wenn nicht, also ich weiß nicht, warum ich das gemacht habe. Ich schäme mich. Raya habe ich nie wiedergesehen. Das reicht vielleicht erstmal von meinen Frauen.

17.
Die Jagd

In meiner Familie geht niemand auf die Jagd. Art und Tarzan haben Tweedjacken mit gestärktem Schulterteil, wie man sie trüge, schösse man Tontauben.

18.
Kinder, man kann nicht ohne sie

Ich glaube, ich habe einen Brief von Raya dabei. Warten Sie, hier, nein, nein, das ist das Messer, das ich Ihnen zeigen wollte. Das können Sie sich gerne genau anschauen, aber Sie werden enttäuscht sein. Es ist ein ganz einfaches Brotmesser, sehr scharf. Ich wollte es Ihnen nur mitgebracht haben. Hier. Nein, das sind auch nicht die Briefe von Raya. Ah, hier, das sind zwar auch nicht die Briefe von Raya, aber es sind Briefe von Tarzans Kindern. Ich dachte, ich lese Ihnen ein paar davon vor:

———

Lieblings-Khaled, Bruder!

Wie geht es dir? Ich habe Angst. Wenn du nicht da bist, habe ich Angst. Tarzan will wissen, ob du ein Auto hast. Und wenn ja, welches? Und ob er dir eine Reparaturanleitung für dieses Modell zukommen lassen soll?
    Khaled, bitte, lebst du noch?

Bitte verzeih mir den Witz mit dem Bruder. Ich habe dich nie Bruder genannt und ich fange nicht jetzt damit an. Ich weiß ja gar nicht genau, wo du bist. Oder warum du da bist, wo du bist. Aber ich nehme an, dass du in einem arabischen Land bist und nach unserer arabischen Mutter suchst. Dabei ist unsere Mutter doch eine in Deutschland lebende Araberin! Du bist doch kein Moslem geworden, oder? Nichts gegen Moslems. Aber du bist doch kein Moslem geworden, oder?

Tarzan macht sich Sorgen. Er sagt es nicht, aber ich weiß es. Er liebt dich. Er sagt es nicht, aber ich weiß es.

Wir sind in die Pfalz gefahren, das Haus ist immer noch wie immer, unser Zimmer wurde gestrichen, aber mehr ist nicht passiert. Trotzdem, wenn du nicht neben mir liegst, dann ist es nicht wie immer. Ich schaue auf die Reben, die, frisch geschnitten, immer noch aussehen wie ein trauriger Wald. Weißt du noch? Ich schaue auf Tarzans Schreibtisch, an dem ich sitze, mit der Feder, die noch nie jemand benutzt hat, der Stange Siegelharz und drei Kaffeetassen, an deren Rändern süße Milch eingetrocknet ist. Ich schaue auf zwei Hummeln, die vor dem Fenster tanzen, auf die verrosteten Scharniere an den Fenstern, auf den Riss in der Wand, aus dem abends Monster gekommen sind. Die Fliesen, die Tür, die nicht richtig schließt. Und ich schaue aufs Hambacher Schloss. Auf eine wehende Deutschlandfahne. Und ich denke an dich.

Ich schaue auf dich, meinen Bruder, in unserem Bett. Weißt du noch? Weißt du noch, dass wir Butter in das Klavier geschmiert haben? Und Tarzan weiß es bis heute nicht. Ich habe noch nie darüber nachgedacht: Glaubst du, dass Tarzan überhaupt Klavier spielen kann? Ich bin immer davon ausgegangen. Aber vielleicht kann er es ja gar nicht. Weißt du noch, dass Tarzan gesagt hat, dass das kein Klavier sei, sondern ein Flügel? Dass wir im Garten Schnecken ausgegraben haben und ihnen Namen gegeben haben? Und wie wir Tarzan gefragt haben, ob der gelbe Jannik und die schüchterne Lara und Slow Jimmy auch zum Essen kommen könnten? Und wie Tarzan uns durchschaut hat und es am Pizzatag nur Salat gab, weil Tarzan die Essgewohnheiten unserer Gäste respektieren wollte? Und wie Slow Jimmy sich dann aber beim Abendbrot in ein Salatblatt zum Sterben gelegt hat? Und wie du geweint hast, obwohl du gar nicht weinen musstest, weil du Slow Jimmy eh nicht mochtest, nur um Pizza zu bekommen? Weißt du eigentlich, dass ich immer gewusst habe, dass du in Wirklichkeit eben doch um Slow Jimmy geweint hast? Weißt du noch, wie Tarzan uns auf dem Hof gesagt hat, dass wir ihn nicht Vater oder Papa oder Dad nennen sollen, weil er sich sonst so alt fühlen würde?

Ich weiß, dass du ihm das nicht geglaubt hast. Ich glaube es ihm auch nicht.

Bitte schreib mir. Ich sehe dich überall, mein Bruder.

Deine Laila

——

Lieber Stephane,

zum ersten Mal in meinem Leben habe ich mehr Gedanken als Wörter. Weißt du noch, Lenia? Wie ich in Lenia verliebt war? Ich habe mich nachts auf den Süllberg gelegt und den Sternen Namen gegeben. Ich bin Kreise in den Elbstrand gelaufen und habe Raketenantriebe entworfen, die Raumschiffe superluminal zu anderen Sternensystemen befördern können. Ich habe eine Methode entwickelt, mit der ich Lenia und mich synchronisieren konnte, und eine Methode, wie wir außerhalb der Welt existieren könnten, sodass ich der einzige Mann in unserer extraterrestrischen Welt sein kann. Und Lenia die einzige Frau in unserer extraterrestrischen Welt. Ich habe Rechnungen angestellt und Formeln entwickelt, und alles war völliger Quatsch. Sie war nicht in mich verliebt. Egal ob ich der letzte Mann auf der Erde sein würde oder ob ich sogar die Erde dafür verschwinden lassen könnte. Nein, es hätte nicht mal funktioniert, wenn es funktioniert hätte. Aber das war das letzte Mal, dass ich mich so gefühlt habe. Traurig, aber so voller Ideen und Kraft, mir selbst so weit voraus, so magisch, als könnte ich Lenias Gedanken einfach neu knoten, ihre Gefühle umleiten, zu einer anderen Schnittstelle ihres Nervensystems, die näher an einer Schnittstelle meines Nervensystems ist.

Tarzan und du, ihr habt euch große Sorgen gemacht, bis ich ein paar Monate später gemerkt habe, dass das alles völliger Quatsch war und ich mit so viel Traurigkeit zurückgeblieben bin. Aber diesmal ist es anders, versprochen. Jetzt rasen die Gedanken durch meinen Kopf, und wenn ich versuche, die Gedanken aufzuschreiben, dann bleibt kaum etwas übrig. Ich schreibe und schreibe, und wenn ich glaube, fertig zu sein, dann habe ich alle Gedanken aufgeschrieben, aber das meiste ist verloren gegangen. Ich habe Angst, dass es Wahnsinn ist. Was soll es sonst sein?

Ich liebe dich, Stephane, sag Tarzan bitte nicht, dass ich geschrieben habe.

Dein Jaro

———

Lieber Khaled,

ich bin zurück in Hamburg, sitze auf dem Süllberg und trinke Schokolade. Es ist merkwürdig, alles hat sich verändert und ich war nur ein paar Wochen weg. Tarzan ist noch da, das Haus, die Straße vom Haus zur Elbe, der Süllberg. Alles noch da.

Aber das Haus an der Ecke, wo die Wollschneider gewohnt haben, weißt du? Das ist nicht mehr da. Ich meine, es stand doch an der Ecke zur Fleetenkiekergasse, oder nicht?

Zwischen uns liegen jetzt also 619 km, eine ganze Menge A7, sehr viel A5, ein bisschen A6, A65, A67, B39. Hamburg, Niedersachsen, Hessen, glaube ich, und ein gutes Stück Rheinland-Pfalz. Zwischen Tarzan und mir liegen nur ein paar hundert Meter. Er kocht, er ist einsam, glaube ich. Es gibt Rindfleisch und Strauß, Walnusssoße und so weiter. Gestern habe ich ihn am Schreibtisch sitzen sehen, und dann habe ich noch mal hingeschaut. Ich möchte nicht, dass du mich für eine Irre hältst. Und ich möchte nicht, dass du glaubst, dass ich es nur sage, damit du wieder zurückkommst, obwohl ich wirklich will, dass du zurückkommst. Aber als ich noch mal hingeschaut habe, da war Tarzan durchsichtig. Also nicht ganz durchsichtig. Das Licht fiel durch ihn durch und wurde gebrochen, sodass ich ihn sehen konnte. Also die Kastanie vor dem Fenster zum Beispiel, die ist ja eigentlich grün. Und da, wo Tarzan war, da war sie dann braun. Tarzan selbst hat – aber das ist jetzt vielleicht schon eine Interpretation – irgendwie an Substanz verloren. Ich sage das nicht, um dir zu zeigen, dass er ein alter Mann geworden ist, mit dem du deinen Frieden schließen kannst, solange sein Körper noch das Licht bricht. Wirklich nicht. Ich will dir nur beschreiben, was für merkwürdige Dinge bei uns vorgehen.

Es gibt noch etwas, was merkwürdig ist. Ich besuche dieses Jahr ein Proseminar zur Kritik der reinen Emanzipation. Leiten soll es Frau Professor Klargeld. Erinnerst du dich? Sie war früher zu Besuch bei uns. Und sie kannte unsere Mutter. Es soll um Hitler gehen. Und um die Grenzen der Emanzipation. Mehr weiß ich nicht darüber. Es findet im Philosophenturm am Dammtor statt, Raum R233. Ich bin mit dem Bus gefahren, bis zum Abaton-Kino, und dann zu Fuß gelaufen. Und es kam mir da schon so vor, als sei der Campus kleiner. Aber da war es nur ein Gefühl. Ich ging in den Philoturm und suchte den Raum R233. Erst war ich bei R322 und bin in eine Vorlesung hineingeplatzt, in der Dr. Erwald einen Comic an die Tafel gemalt hatte. Daneben stand: LOIS LANE WEISS, DASS SUPERMANN FLIEGEN KANN. LOIS LANE WEISS NICHT, DASS CLARK KENT FLIEGEN KANN. Furchtbar, nicht wahr? Na ja, irgendwann habe ich den Raum R233 gefunden, und ich war natürlich zu spät.

Als erstes ist mir aufgefallen, dass der Professor ein Mann war, also nicht Professor Klargeld. Und dann habe ich einfach nicht verstanden, worum es ging. Es schien nur um einen einzigen Text zu gehen und den hatte ich nicht gelesen. Aber in diesem Text ging es überhaupt nicht um Emanzipation. Irgendwann habe ich meine Nachbarin gefragt, ob ich richtig sei, bei »Kritik der reinen Emanzipation I«, und sie schüttelte den Kopf. Unnötig zu sagen, dass sie verständnislos den Kopf schüttelte. Nach dem Seminar war ich sehr verwirrt und wollte in die Mensa, um einen Kaffee zu trinken. Aber als ich aus dem Gebäude trat, ist mir plötzlich klargeworden, dass ich versehentlich bei den Psychologen gelandet war. Das Verrückte ist, dass ich mir ganz sicher bin, dass ich in den Philoturm gegangen bin! Ich meine, die Psychologen sind ja sogar auf einem ganz anderen Campus. Dafür hätte ich auch nicht mit dem Bus fahren und schon gar nicht am Abaton-Kino aussteigen müssen. Sondern ich hätte die U-Bahn bis Klosterstern nehmen müssen. Und ich bin einfach nicht U-Bahn gefahren, da bin ich mir ganz sicher. Aber ich entschied mich, nicht weiter darüber nachzudenken und zum Abaton-Kino-Campus zu laufen, um da in der Mensa Kaffee zu trinken. Und jetzt kommt's: Der Philoturm ist verschwunden. Er ist nicht nur nicht mehr da. Nicht mal die Stelle, an der er stand, existiert noch. Erst kommt der Brunnen, dann der Fahrradständer, und dann kommt direkt die Straße. Ich habe gefragt, wo er denn sei, der Philoturm. Und alle haben mich angeschaut, als hätte ich sie nicht mehr alle. Ich habe im Sekretariat gefragt, nach Professor Klargeld. Aber die kannten keine Professor Klargeld.

Khaled, bitte glaube mir, das ist keine Metapher. Ich mache mich nicht lustig, und ich möchte dich nicht zur Rückkehr zwingen. Ich versuche nur, meinem großem Bruder zu berichten, was ich gesehen habe.

Und selbst, wenn es nicht stimmt, was ich sage, komm doch zurück, ja?

Deine Schwester, die ohne dich nicht mehr kann

——

Jaro, ich denke an dich.

Ich will nicht zu lange warten mit der großen Neuigkeit, ich habe mir ja dein Auto geliehen und dafür möchte ich dir noch mal von ganzem Herzen danken. Es fährt sich einwandfrei und besonders erstaunt hat mich, dass es ja kaum Sprit verbraucht! Ich habe das erst gemerkt, als ich auf dem Weg nach Italien anhalten musste, um aufs Klo zu gehen, aber noch gar nicht tanken musste. Normalerweise bin ich da ganz im Rhythmus. Aber mit deinem Auto musste ich nur bei jeder zweiten Toilettenpause tanken. Also, dass ich dein Auto mag, das habe ich ja schon erwähnt. Allerdings hätte ich vielleicht nicht sagen sollen, dass es sich super fährt, sondern eher, dass es ohne Probleme gefahren ist. Denn jetzt gibt es tatsächlich ein kleines Problem und ich könnte deinen Rat gebrauchen. Es war nämlich so, dass mir ein BMW 7er Alpin in die Seite gefahren ist, also nicht mir, sondern deinem Golf, und dass er sich jetzt sicher nicht mehr so gut fahren lassen würde. Wie gut er sich genau noch fahren lässt, dass konnte ich dann gar nicht mehr herausfinden, weil die Polizei mich nicht gelassen hat. Nun ist es aber so, dass der Rowdy mit dem BMW natürlich Schuld hat und du dir ganz sicher keine Sorgen machen musst. Weder um mich, denn mir geht es den Umständen entsprechend gut, noch um deinen Golf oder den BMW und erst recht nicht um das stählerne Gerüst der Werbetafel für regionalen Riesling. Also, das muss natürlich die Versicherung von dem BMW-Fahrer bezahlen, das ist ja klar. Ja, das habe ich vielleicht ausgelassen: Bei dem Versuch, dem BMW doch noch auszuweichen, bin ich gegen eine Werbetafel gefahren, die dann auf das Dach eines Fachwerkhauses, na, irgendwie gesunken ist, in gewisser Weise. Aber wie gesagt, der BMW-Fahrer hatte natürlich Schuld, auch wenn der BMW-Fahrer und die Polizei das anders sehen. Aber was kann man schon von den Polizisten erwarten, die mir jetzt noch einen Strick daraus drehen wollen, dass ich vorher ein wenig Traubensaft getrunken habe. Jedenfalls keine große Sache. Ich schreibe dir jetzt aus einem sehr kleinen Ein-Zimmer-Appartement, das allerdings von außen verriegelt ist. Die Polizisten haben mir, wegen des Schocks, nehme ich an, diese Wohnung zur Verfügung gestellt, damit ich meinen Traubensaft ausschlafen kann. Na ja, jedenfalls wollte ich dich fragen, ob dein Auto eigentlich versichert ist? Keine Sorge, ich habe den Polizisten hier gesagt, dass du mir erlaubt hast, das Auto zu nehmen, ich habe mir gedacht, dass das sicher besser ist, auch wenn es die Wahrheit nicht ganz so sicher einfängt wie, sagen wir, der letzte Tatort, ich weiß. Darüber hinaus wäre es natürlich ein großer Zufall, hättest du gerade eine große Werbetafel übrig, die ausgerechnet für Riesling am Hambacher Schloss wirbt oder auch nur ein altes Dach zu einem alten Fachwerkhaus, aber ich dachte, ich frage einfach mal nach, dann könnte das hier schließlich alles schneller abgewickelt werden.

In diesem Sinne, dein Joseph

(P. S. Wenn du es Tarzan nicht erzählen könntest, ich wäre dir dankbar.)

———

Mein absolut liebster Bruder! (erzähl es keinem)

Gestern habe ich Michel getroffen. Wir haben uns unterhalten und er hat mir erzählt, dass er jetzt keine Wohnung mehr hat, weil er rausgeflogen ist. Und der Vermieter, das glaubt Michel zumindest, hat es nicht dabei belassen, die Schlösser auszuwechseln. Er hat das ganze Haus ausgewechselt. Kannst Du Dir das vorstellen? In der Treskowstraße, auf der Straßenseite mit den geraden Zahlen, sind die Hausnummern jetzt: 20, 22, 26, 28. Ich habe es nicht gesehen, aber Michel hat behauptet, dass es nicht einmal eine Lücke dort gibt, wo vorher das Haus mit der Hausnummer 24 stand. Und Michel erreiche ich jetzt auch nicht mehr. Gestern war ich beim Zahnarzt und hatte eine Wurzelspitzenresektion. Ich habe überhaupt nicht verstanden, was die da genau machen. Tarzan hat es mir aufgezeichnet und es macht wenig Sinn. Gibt es Zahnärzte bei euch? Gibt es Röntgenapparate und Tupfer? Gibt es einen Nagelsalon und Friseure? Gibt es das?

Jedenfalls sind jetzt die Zahnwurzelkanäle weg, der Philoturm, Michel und der Süllberg, ich weiß nicht, wie ich es beschreiben soll, er wirkt kleiner. Ich habe Angst, dass er auch weg sein wird, bald.

Das Verschwinden des Philoturms habe ich akzeptiert. Ich studiere jetzt Arabistik. Und jetzt sitze ich auch in einem Raum voller Araber. Der Lehrer sieht dir nicht ähnlich, er redet mehr über Israel als über Arabien. Ich habe ihn gefragt, was Arabien ist. Er hat gesagt: »Araber sind alle, die Arabisch sprechen und den Koran im Mittelpunkt ihres Lebens haben.« So ähnlich steht es auch bei diesem Maxime Rodinson. Den lesen hier alle. Ich kann mir nicht erklären, warum. Ich habe gesagt, dass ich einen Araber an der Nasenspitze erkennen würde. Und

Menschen, die Rodinson lesen, die würde meine arabische Nase am miefigen Geruch erkennen. (Ich hab's nicht gesagt. Weil ich mich nicht getraut habe. Aber ich wollte. Du hättest auch gewollt.) In diesem Seminar und wo immer du auch bist, da sind wir uns wieder nah, Khaled. Hier bin ich Araber, dort bist du kein Araber. Und dazwischen liegen 619 km, jede Menge A7 und irgendwas. Dazwischen liegen die Spuren einer Frau, über die wir nicht mehr wissen als ihre Schuhgröße. Dazwischen liegt meine Liebe zu dir und meine Sorge. Und dazwischen liegen Tarzans tausend Lügen.

Alles reißt, Khaled, der Raum dehnt sich aus, und ich spüre, wie der Raum an mir zerrt. Ich trete auf die Straße, mit aller Kraft, um eine Spur zu hinterlassen. Ich versuche, es den Leuten auf der Straße anzusehen, wofür sie da sind und wie lange noch. Ich versuche, sie so sehr anzuschauen, dass mein Blick sich in ihre Körper brennt und ein Zeichen zurücklässt, meine Form, meine Augen, unsere Nase, Khaled. Warum brauchst du nur noch so eine Nase? Warum suchst du diese fremde Frau? Khaled, verdammt noch mal, bist du bescheuert? Komm zurück!

Laila

———

Khaled.

Es ist fast alles weg. Es gibt noch die Straße zum Süllberg, die Wellen knallen gegen die alte Zugbrücke. Es gibt noch das Beet hinter der Kirche, aber die Kirche gibt es nicht mehr. Es gibt noch das Bett, in dem wir geschlafen haben, aber dich gibt es dort nicht mehr. Es ist dunkel geworden. Jeden Tag ist es dunkel. Tarzan ist kaum noch zu erkennen. Aber immer, wenn er mir den Rücken zukehrt, dann glaube ich für einen Moment, dass du dort stehst. Dass ihr Rücken an Rücken steht. Und zwischen uns liegen X km. Bitte schreib mir schnell.

Laila

———

Liebe Mira,

ich habe über das kapitalistische Wirtschaftssystem nachgedacht und bin zu dem Schluss gekommen, dass Geld weniger Wert haben sollte. Dann bin ich zu dem Schluss gekommen, dass dann alle weniger Geld hätten. Deshalb glaube ich, dass Geld erst ab 1000 Euro weniger Wert haben sollte. Sodass jeder 500-Euro-Schein so viel Wert hat wie zwei 500-Euro-Scheine.

Ich habe es Tarzan erzählt, aber er hat nicht zugehört, er hört nicht mehr. Er sitzt am Schreibtisch. Er hört nicht, er sitzt.

Ich vermisse dich!

19.
Bertis Außengrenzen

Berti schwimmt gerne. Nicht in Seen. Und auch nicht in Schwimmbädern oder im Meer. Er schwimmt gerne in der Badewanne. Das hat er erzählt. Er hat eine große Badewanne, es könnten noch zwei Personen in der Badewanne schwimmen. Berti legt sich auf den Rücken und schwimmt von einem Badewannenrand zum anderen.

Das hat er schon immer gerne gemacht und heute macht er es auch gerne.

Aber fangen wir früher an. Ungefähr zu Weihnachten 1958 musste Berti zum Augenarzt, weil er ein Konzert, das im Kulturradio lief, dirigierte. Dabei hat er sich mit einer Fonduegabel ins linke Auge gestochen, sodass Tarzan behauptete, man hätte den Glaskörper springen hören. Herr Gänsehaupt, ich habe vor langer Zeit aufgehört, Tarzan zu glauben. Aber das springende Auge, das ist mir in Erinnerung geblieben. Meine Oma hat Berti eine Ohrfeige gegeben, auf die Seite des Gesichts mit dem heilen Auge. Das ist Teil des Berichts. Ich weiß nicht, welche Seite in einem solchen Fall die bessere Seite sein könnte. Aber nehmen wir an, was Art gesagt hat, dass Ohrfeigen damals nicht das bedeutet haben, was sie heute bedeuten, stimmt.

Jedenfalls hat Oma Berti an die Hand genommen und ist mit ihm zum Augenarzt gefahren. Berti soll nicht geweint haben. Berti soll einfach nur dick gewesen sein, mit einer Gabel im Auge. Oma hatte die Befürchtung, dass es aus der Wunde bereits eitere, aber der Arzt konnte feststellen, dass es sich um Walnusssoße handelte. Auch sonst konnte er entwarnen und sagen, dass die Verletzung nicht so schlimm sei. Allerdings sei ihm etwas ganz Anderes aufgefallen und deshalb wolle er mit Berti noch ein Paar Tests machen. Diese Tests sollen dann gezeigt haben, dass Berti unter einer Krankheit litt, von der niemand vorher gewusst hat. Eine, von der der Augenarzt sagte, sie werde Berti blind machen.

Heute sagt Berti, dass es verschiedene Formen von Blindsein gebe und dass er an einer besonders harmlosen Form von Blindheit leiden würde. Seine Blindheit würde ihn kaum einschränken, er könne weiter Auto fahren und ins Kino gehen, er könne auch weiter in der Badewanne schwimmen. Lesen sei nicht mehr drin, aber er habe schon so viel gelesen, dass er sich die meisten Bücher auch vorstellen könne. Zum Beispiel habe er einmal eine Geschichte von einem argentinischen Autor gelesen, der auch blind gewesen sei, allerdings ganz anders blind als er, Berti, nämlich so blind, dass er nur noch lesen konnte, aber sonst nichts sehen. Es sei in der Geschichte um eine babylonische Bücherhalle gegangen, in der alle Bücher stehen würden, die es geben könnte. Alle Bücher wurden von unendlich vielen Schimpansen geschrieben, an unendlich vielen Schreibmaschinen. Berti könne auf diese Bücherhalle zurückgreifen, indem er sich eine Schreibmaschine vorstellen würde und dann so lange auf dieser Schreibmaschine schreiben, bis er das Buch geschrieben hätte, das er lesen wolle.

Herr Gänsehaupt, der argentinische Autor ist natürlich ganz blind. Und Berti ist natürlich nicht blind. Das ist der Unterschied. Ich möchte da keinen Platz für Verwirrung lassen. Bertis Augen funktionieren einwandfrei. Der Arzt muss sich geirrt haben. Ich habe gesehen, wie Berti bei einem Spaziergang über einen Ast gestiegen ist, der Berti im Weg lag. Er wäre auf jeden Fall gestürzt, wenn er blind gewesen wäre. Aber er hat einen Ausfallschritt gemacht, über den Ast.

Berti ist zur See gefahren. Als Einziger in der Familie. Er weiß viel über die Seefahrt, nur Tarzan weiß mehr. Berti fuhr während der Semesterferien auf einem Kreuzfahrtschiff mit und verteilte Schnittchen an die Gäste. Ich habe Berti zu Weihnachten vor fünf Jahren gefragt, wie es war, zur See zu fahren. Und Tarzan hat geantwortet, dass Berti auch Betten bezogen und Kabinen gefegt und das Deck geschrubbt und Taue eingeholt habe. Er habe den Kapitän Kapitän genannt und die Gäste Sir und Madame. Er habe an Deck gestanden und ins Meer geschaut, angestrengt. Er habe versucht, das ganze Meer mit seinen Augen zu trinken. Ich glaube, da hat sich Tarzan im Ton vergriffen. Berti selbst hätte vielleicht gesagt, er habe versucht, das ganze Meer zu beobachten und sich jede Welle zu merken, jede Schaumkrone, jede Fata Morgana am Horizont. Dann habe ich Berti noch mal gefragt, wie es denn gewesen sei, aus seiner Perspektive.

Ich weiß, Herr Gänsehaupt, es ist Quatsch. Aber ich

hatte plötzlich das Gefühl, Berti könnte doch blind geworden sein. Er könnte einfach alles gesehen haben. Er könnte vom Schiff aus alles Licht so lange in sich aufgenommen haben, bis alles Licht in ihm ist, und Berti jetzt, wenn er sehen möchte, was vor ihm ist, zum Beispiel ein Ast auf einem Spaziergang, dann nur nach innen schauen muss, und nicht nach außen.

Berti hat gesagt: »Es gab Schwarzbrotschnittchen mit Lachs, Meerrettich und Dill. Pumpernickel mit Tartar und Silberzwiebel. Ciabatta mit Tomatenwürfeln und Knoblauch. Es gab Sekt mit gefrorenen Himbeeren. Matjes mit Spreewaldgurke und Salzbretzelkonfekt. Es gab Krabben im Glas mit pochiertem Ei und frittiertem Karottensalat. Rotweinplunder mit Schlagsahne, Obstsalat auf Mascarpone. Räucheraal auf Toast mit Senf und geschnittene Makrele mit einem Stück Kartoffel. Es gab Pudding mit einem Notenschlüssel aus Nougat als Dekoration und gratinierte Kalbsmedaillons. Alles auf einem Tablett und damit bin ich herumgelaufen, zwischen Sonnenliegen und Kindern. Es gab sautierte Spargelspitzen mit Schinken und Omelette mit einem Pilz und Crème fraîche. Gegrillte Paprikawurst in einem Hefeteig und Pflaumen mit Speck. Glasierte Charlotten mit Sherrysahne und Spießchen mit Hühnerfleisch und Paprika und Oliven. Es gab Crème brûlée und rote Grütze mit Vanillesoße und einen Strudel mit Winterobst. Gezuckerte Erdbeeren, getrocknete Mango und karamellisierte Weintrauben. Damit bin ich auf Deck dann hin und her gelaufen und habe alles verteilt, was ich auf meinem Tablett hatte. Eine Kugel Stracciatella-Eis mit Baileys.

Ja, das musste ich an die Gäste verteilen, Schinken-brote mit Majoran und Roastbeef mit Remoulade mit Kapern. Gänsebrust mit Ei und Minischnitzel mit einem noch kleineren Schnitz Zitrönchen. Schokoladenprali-nen mit Eierlikör und mit Pfefferminzgelee. Mit Nougat und Marzipan. Warme Hafernudeln mit dicken Bohnen und Birnenscheiben, Tartlettes mit Munsterkäse und Kresse.

Ich habe auf dem Deck gegessen und aufs Meer ge-schaut. Und es gab immer einen Imbiss. Ich habe Räu-cherwürste gegessen und gekühlten Eistee getrunken. Oder eine Cola. Das Meer war ruhig, es war ja vor allem das Mittelmeer. Und der Himmel ging ins Meer über. Bei schlechtem Wetter konnte man nichts sehen.

Ich habe geübt. Vielleicht habe ich geübt. Damals dachte ich noch, dass es die andere Art von Blindsein ist. Aber ich wollte eigentlich die ganze Zeit zurück in meine Badewanne. Wenn ich in der Badewanne bin, dann ist es so, als gäbe es mich nicht. Das habe ich geübt.«

Herr Gänsehaupt, ich denke wir wissen beide, dass Berti auf dem Kreuzfahrtschiff versucht hat zu ver-schwinden. Er versucht es heute noch, in der Badewanne. Wenn sich das Wasser um seinen Körper schließt und der Schaum die Ränder ausfranst, weil Schaum nicht Wasser, aber auch nicht Luft ist, dann spürt Berti nicht das Was-ser um sich, auch den Schaum nicht. Er hat sich dann in einen Schalldämpfer gelegt. Ein dickes Glas, durch das

das Licht länger braucht, um Signale zu senden. Wenn das Licht im Badezimmer aus ist, Berti sich die Nase und den Mund zuhält, dann kommt in Berti nichts rein. Und aus Berti kommt nichts in die Welt. Dann ist es, wie nach einer Operation nicht aufwachen.

Ich will nicht zu viel hineininterpretieren. Aber ich glaube, Berti übt sterben. Und manchmal, wenn er leise kaut oder sagt »ein halbes Hähnchen« oder »Erfrischungsgetränk« oder »Nusskuchen«, dann muss ich weinen. Dann überkommt mich eine Leere, ich weiß nicht, woher die kommt. Es liegt nicht an den Wörtern. Ich habe es ausprobiert. Ich habe mich vor den Spiegel gestellt und »Saltimbocca, lecker« gesagt und dabei ist nichts passiert. Aber ich habe Berti gehört, der gesagt hat: »Saltimbocca, lecker.« Und ich konnte kaum noch atmen. Es klingt glücklich, wenn Berti es sagt, aber leise.

20.
Otto

Ich möchte Ihnen noch von Otto erzählen. Sonst sieht es für Sie so aus, als sei Otto einfach einer, der die ganze Zeit geschlafen hat, aber das ist nicht fair, Otto ist auch ein ganz eigener Mensch, der jetzt nicht mehr da ist.

Da erzähle ich Ihnen lieber von Otto. Ich gebe zu, es fällt mir nicht leicht, ich weiß über Otto nicht viel.

Es gibt eine Geschichte über ihn, ich habe sie schon sehr oft gehört. Weil Otto meistens schläft, erzählt sie meistens Tarzan. Sie ändert sich jedes Weihnachten ein wenig. Allerdings nicht so, dass sich die Geschichte in den Details ändern würde, also so, dass Otto einmal einen roten R4 gefahren hat und bei der nächsten Erzählung einen gelben oder dass Berti in einer Geschichte einen Strickpullover getragen hat und bei der nächsten ein Baumwollhemd. So, als würde die Erinnerung Tarzan einen Streich spielen. Beziehungsweise so, als mische die Erinnerung sich ein in das, was war.

Nein, eher verrutschen die Grundpfeiler. Es scheinen völlig unterschiedliche Begebenheiten zu sein. Also eher so: Otto trägt in der einen Version einen gestrickten Wollpullover und in der nächsten gibt es ein altes Fischerhaus, das ein brennendes Reetdach trägt, wie eine Krone, und dessen funkenschlagende Flammen einen Teil des schwarzen Nachthimmels ausleuchten. Aber

Otto trägt immer noch einen gestrickten Wollpullover. Verstehen Sie?

Ich erzähle Ihnen einfach die Version vom letzten Weihnachtsessen. Die Geschichte geht so, dass Otto zwar mit den anderen aufgewachsen ist, in diesem Haus in Blankenese. Aber als Otto fünf Jahre alt war, meine Mutter hatte zu der Zeit noch nicht einmal Knochen, da hatte Otto mit seinen Brüdern Verstecken gespielt. Und zwar genau zu Weihnachten 1964. Erst war Tarzan dran, der Älteste. Tarzan hat immer ein gutes Versteck gehabt, in seinen Worten das beste Versteck, nicht einmal die CIA hätte ihn finden können.

Er wurde jedenfalls nie gefunden, sodass er nach einer Zeit selbst aus seinem Versteck kam, weil ihm etwas sehr Interessantes eingefallen war, was er mit seinen Geschwistern teilen wollte.

Dann kam Berti, der damals schon sehr dick war. Und ich weiß, Humor muss immer auch irgendwie ironisch sein, deshalb sag ich es Ihnen einmal so: Berti hatte nur ein einziges Versteck, in das er gepasst hat. Und wenn ich sage, dass es ein Versteck gewesen sei, dann meine ich das ironisch. Berti soll damals gerade so hineingepasst haben, in eine alte Truhe meiner Oma, dass sein Hintern den Deckel so weit anhob, dass genau eine Gabel in den Schlitz zwischen Truhendeckel und Truhenrest passte. So geht die Erzählung. Ganz unironisch.

Klar, ich bin nicht dabei gewesen. Aber die Truhe, in die sich Berti zum Versteckspielen gequetscht hatte, die hat meine Oma an meine Mutter vererbt. Sie ist nicht groß, aber alt. Und sie sieht ein wenig aus wie ein Sarg. Ich habe immer gedacht, dass meine Mutter da nur Bettwäsche und Laken und Decken aufbewahrt. Aber es hat sich herausgestellt, als ich einmal nachgeschaut habe, dass auch Fotos und ein Säckchen Lavendel unter den Decken liegen. Klar, gegen die Motten. Früher, als meine Mutter nicht zu Hause gewesen ist und ich noch klein war, habe ich manchmal Angst gehabt, dass meine Mutter in der Truhe schläft. Oder mich ausspioniert. Mütter wissen immer alles. Meine erste Zigarette war kaum aus, da hat sie davon gewusst. Ich habe fünfzig Pfennig gestohlen, meine Mutter hat es mir vom nächsten Taschengeld abgezogen. Ich habe das Auspuffrohr meines Physiklehrers mit Bauschaum versiegelt: Meine Mutter wusste es noch vor der Polizei. Und nun, na ja, ich denke, sie wusste auch von den Morden vor den Morden, wenn es denn Morde waren. Ja, wenn es denn Morde waren! Herr Dr. Gänsehaupt – ich nenne Sie einfach weiter so, obwohl wir beide wissen, dass das nicht Ihr richtiger Name ist – ich möchte Sie fragen: Ist es eigentlich noch Mord, wenn sich das Opfer schon einen Sarg in die Wohnung stellt? Also, es ist natürlich trotzdem nicht richtig, um nicht mit dem Wort »falsch« zu sprechen. Aber müsste es dann nicht eher Sterbehilfe heißen?

Nachdem ich das Wort »Adenokarzinom« zum ersten Mal gehört hatte und es nicht nur ein Wort war, sondern ein Wort, das aufgefüllt war mit Schmerzen und Tod, da habe ich mich einmal in die Truhe gelegt und mir vorgestellt, ich sei Art. Was denken Sie darüber? Vielleicht habe ich gelesen, dass es im Urwald Menschen gibt, die sich in Truhen legen, um Tot-Sein zu üben. Vielleicht hat es auch Tarzan erzählt. Oder Maria. Bei mir hat es nicht funktioniert. Ich habe den Atem angehalten und die Augen geschlossen. Aber dann konnte ich den Atem nicht mehr anhalten und habe geatmet. Und dann war es zu dunkel und ich habe den Deckel der Truhe geöffnet. Komisch. Jetzt, wo ich es ausspreche, da scheint es mir ganz klar. Ich habe mich ja gar nicht in Art hineinzuversetzen versucht, sondern in den Tod, als wäre Art nur noch Tod. Verschwunden.

Aber zurück zum Weihnachtsfest 1964.

Beim Versteckspiel konnte meine Mutter nicht mitspielen, weil sie ohnehin ans Bett gefesselt war. Da gibt es wenige Möglichkeiten, sich zu verstecken. Oder ihre Brüder hätten sie verstecken müssen, was in sich nicht funktioniert, um nicht mit dem Wort »intrinsisch« zu sprechen.

Weil Art bei solchen Spielen nicht mitmachte, war als Letzter Otto dran, sich in diesem alten, großen Haus in Blankenese zu verstecken. Bis heute weiß niemand, wo genau sich Otto versteckt hatte, es soll nur so gewesen sein, dass ihn niemand gefunden hat. Als es Zeit war für die Bescherung, haben alle aufgehört zu suchen. Und als es Zeit für das Fondue war, haben zum zweiten Mal alle aufgehört zu suchen. Am nächsten Morgen wurde nicht mehr gesucht.

Vom 25. Dezember an war Otto vor allem am Abend ein Thema. Es verging kein Abendbrot, an dem nicht wenigstens ein Paschen fragte, wo denn Otto sei. Art fragte zum Beispiel: »Wo ist denn Otto?« Und Tarzan antwortete: »Den habe ich den ganzen Tag noch nicht gesehen.« Oder meine Oma rief Otto zum essen: »Otto, das Essen steht auf dem Tisch!« Und Berti antwortete: »Otto isst heute nicht mit uns.« Oder Tarzan sagte zu meiner Mutter: »Hast du Otto heute in der Schule gesehen?« Und meine Mutter sagte, dass sie sich nicht ganz sicher sei, dass sie einen gesehen habe, der ausgesehen habe wie Otto, aber nur von hinten. Und es seien nur ungefähr Ottos Umrisse gewesen.

Erst nach dem Umzug aus dem Haus in Blankenese und als Tarzan längst das Chez Tarzan auf dem Süllberg betrieben hat, ist Otto plötzlich in die neue Wohnung gekommen und hat gefragt, wo denn eigentlich sein Zimmer sei.

»Na hier, zweite Tür rechts mit Berti zusammen natürlich!«, soll meine Oma aus der Küche gerufen haben, während sie gerade Scheiben Graubrot schnitt. Tarzan, dem Otto das erste Mal wieder im Flur begegnete, soll nach einem kurzen Schock gesagt haben: »Otto, gut dass ich dich sehe, kannst du mir bei den Hausaufgaben helfen?« Ihm kann nichts Blöderes eingefallen sein. Tarzan hat noch nie Hilfe bei den Hausaufgaben benötigt. Außerdem ging Tarzan schon seit drei Jahren nicht mehr zur Schule, sondern zur Universität.

Und Art soll gesagt haben: »Otto!« Was wohl die echteste Reaktion war. Ich weiß, ich weiß. Alles ist echt.

Auch Tarzans Reaktion. Auf gewisse Weise sogar noch echter.

Es ist jedenfalls nie sicher geklärt worden, wo sich Otto versteckt hatte, zumindest nicht für die Familie. Neben einigen wilden Thesen von Tarzan und einigen noch wilderen Thesen von Berti war die Möglichkeit, die allen am glaubwürdigsten schien, die, dass Otto sich in einem Umzugskarton auf dem Speicher versteckt hatte. Vorher habe er noch »Zerbrechlich« draufgeschrieben. Es gab tatsächlich eine Umzugskiste, von der niemand mehr genau wusste, was darin so Zerbrechliches transportiert wurde. Außerdem war das Wort ›Zerbrechlich‹ falsch geschrieben, nämlich: ›Zerbreche‹, mit einem dicken Wachsmalstift dazu.

Seit Otto wieder da war, hatte er starke Rückenschmerzen. Meine Oma hatte ihn dann zu verschiedenen Ärzten geschickt. Erst zu einem Allgemeinmediziner, der gefragt haben soll, ob Otto denn gegen Mumps geimpft sei. Worauf Otto gefragt haben soll, ob das denn etwas mit seinem Rücken zu tun haben könne. Worauf der Allgemeinmediziner gesagt haben soll, dass das ganz sicher nichts mit dem Rücken zu tun habe, dass es aber sehr wohl wichtig sei, gegen Mumps geimpft zu sein. Und dass sie aber darüber hinaus, wenn Otto Rückenprobleme habe, lieber zu einem Arzt gehen sollten, der sich mit Rücken auskenne, und nicht zu einem Allgemeinmediziner. Der Rückenarzt konnte nichts finden, was, glaubt man Tarzan, was man nicht unbedingt muss, Herr Gänsehaupt, für einen Rückenarzt nichts Besonderes ist.

So behauptet Tarzan, dass ein Rückenarzt im Grunde nie etwas finde. Dieser spezielle Rückenarzt allerdings, der war wohl auch Akupunkteur. Im Gegensatz zu Rückenärzten sollen Akupunkteure immer etwas finden können, um nicht mit dem Wort »erfinden« zu sprechen, womit Tarzan allerdings sehr wohl gesprochen hat.

Der Akupunkteur also hat dann eine zwanzig Zentimeter lange Nadel direkt in die Nasenspitze von Otto geschoben. Damit musste er von da an herumlaufen und konnte nicht mehr auf dem Bauch schlafen. Dass die Rückenschmerzen davon nicht weggingen, erwähnt Tarzan, sei natürlich nicht erwähnenswert.

Weil die Rückenschmerzen nicht weggingen, steckte der Akupunkteur im Laufe einiger Jahre noch zwei weitere Nadeln hinzu, links und rechts in die Nasenflügel, jeweils 45° abstehend von der ersten Nadel. Vorne fädelt er einen Faden ein. Ich kann Ihnen das nur schwer erklären. Ich muss es Ihnen aufzeichnen.

Sehen Sie? Es sieht ein wenig aus wie eine Antenne. Tarzan behauptet, dass es damals normal gewesen sei, mit Akupunkturnadeln im Gesicht herumzulaufen, weshalb Otto gar nicht aufgefallen sei. An dieser Stelle sagte Tarzan, dass Akupunktur in Deutschland zu der Zeit eine große Sache gewesen sei, wegen der gemeinsamen Geschichte der Deutschen und der Japaner. Er führte das aus, bis zu einem furchtbaren Verlust an Kohärenz. Aber mir, und damit ja auch Ihnen, Herr Gänsehaupt, reicht es, dass Akupunktur aus China kommt. Wirklich, manchmal lässt mich Tarzans Ironie sprachlos zurück. Verstehen Sie mich nicht falsch. Oder von mir aus verstehen Sie mich falsch. Ich schone Sie ja schon. Ich verheimliche Ihnen zum Beispiel, dass Tarzan uns nur einige Momente zuvor erklärt hatte, warum es nicht nur keinen sinnvollen Impfstoff gegen Mumps geben könne, sondern Viren ganz generell nicht existieren würden.

Es gab dann noch eine Reihe von anderen Ärzten, die aber auch nichts finden konnten. In all der Zeit soll Otto immer weniger gesprochen haben. Er wohnte mittlerweile mit Berti zusammen in einer kleinen Wohnung in Bahrenfeld und Berti bestätigt, dass Otto in der Zeit nicht mehr viel gesprochen habe, nur das Nötigste.

Ich will es nur schnell einordnen, Herr Gänsehaupt, das war zu einer Zeit, in der Kommentare zum neuesten Spiegel-Titelthema das Nötigste waren. In der die Farbe Grün zu einer politischen Farbe wurde, in der der VW Käfer zum VW Golf wurde und das das Nötigste war. In der die Suppen mit Eigelb gebunden wurden, anstatt mit Mehl, in der Hüte mit Krempe langsam lächerlich wurden und Diplomatie schlagkräftiger schien als Bomben, obwohl Bomben in Wirklichkeit noch immer schlagkräftiger waren als Diplomatie und das war das Nötigste. Eine Zeit, in der in Hamburg die Straßenbahn fuhr und die blaue U-Bahn-Linie ihren Betrieb aufnahm. In der man in Hamburg seinen Müll in zertifizierten Müllsäcken auf die Straße gestellt hat und in der es ein Hochwasser gegeben hatte, das bis heute als das Hochwasser in Hamburg gilt, bei dem die Brücken zu den schwimmenden

Anlegern nicht mehr zur Elbe hinunter führten, sondern zur Elbe hinauf und in der das das Nötigste war. Was ich sagen will: Das Nötigste war nicht die Existenz, die war einfach da. Das Nötigste war nicht das Leben und die Familie, das gab es einfach. Otto hatte zwar Rückenschmerzen und drei Nadeln in der Nase, aber er war mindestens zwölf Stunden am Tag wach. Art war Art und jede Zelle von Art war Art und keine Zelle von Art war Krebs und Tarzan lernte und interessierte sich mehr für Antworten als für Fragen und meine Mutter ging auf den Süllberg für Kaffee und Zeitung und Berti wog weniger als 100 Kilo und all das war noch das Nötigste. Wenn nicht gerade alle Verstecken gespielt haben, waren alle da.

Für mich bedeutet das alles nichts. Für mich war das nie das Nötigste. Ich habe keine Erinnerung, ich habe nur Tarzans Erzählung und ich glaube, dass zwischen dem Hochwasser und dem ersten Golf etwa zwanzig Jahre liegen. Aber ich möchte es doch für Sie verorten, Herr Gänsehaupt, es war eine Zeit, in der sich Palästinenser in Hamburg angesiedelt und zu Friedenskundgebungen aufgerufen haben und in der sich Palästinenser mit Deutschen zusammengetan haben, um Deutsch zu lernen oder um Arabisch zu lernen. Und in der das das Nötigste zu sein schien. Für mich ist das keine Erinnerung. Aber Sie müssten sich doch daran erinnern können, nicht?

Jedenfalls soll Otto immer weniger gesprochen haben, bis er schlussendlich nur noch leise Leidenslaute von sich gegeben hat, im Stehen, im Sitzen und besonders liegend, im Bett. Es soll dann Berti gewesen sein, der Otto zu einem Psychologen gebracht hat. So ist Otto auch zu einer Therapie gekommen. In dieser Therapie wiederum soll herausgekommen sein, dass Otto sich nicht in einem Umzugskarton versteckt hatte, sondern hinter einem Vorhang. Dann wird die Erzählung ungenau und über die Jahre gibt es hier die meisten Widersprüche. Manchmal soll es ein grelles Licht gewesen sein, andere Male soll eines der Wesen bereits hinter dem Vorhang auf Otto gewartet haben. Das Einzige, was unverändert übermittelt wird, von Weihnachten zu Weihnachten, ist, dass Otto an diesem Weihnachtsnachmittag von Außerirdischen entführt wurde und erst Jahre später mit heftigen Rückenschmerzen zurückkam. Es gab ein oder zwei Weihnachten, als ich noch kleiner war, da waren die Außerirdischen in der Geschichte eine Metapher. Weil es aber eigentlich nichts gibt, wofür die Außerirdischen eine Metapher sein könnten, wurden die Außerirdischen seither immer sehr ernst genommen.

Zu Weihnachten gedenken wir also auch der Entführung von Otto. Und wir spielen Verstecken. Früher haben alle versucht, sich neue, besonders gute Verstecke zu suchen. Auch weil wir gehofft haben, vielleicht nicht gefunden zu werden und schließlich in einem Raumschiff zu landen. Meine Mutter hat sich einmal in der Spülmaschine versteckt. Sie hält damit den Rekord im Nicht-Gefunden-Werden, weil die Teller erst ganz zum Schluss abgeräumt werden. Ich selbst habe mich einmal in einer Decke versteckt. Also nicht in der Decke, sondern zwischen dicker Daunendecke und Deckenbezug. Berti ist einmal auf das Dach geklettert, um sich, von oben, im Schornstein zu verstecken. Wir mussten alle versprechen, nichts zu sagen, und die Feuerwehrleute hat Berti sogar unterschreiben lassen, dass sie zu niemandem ein Sterbenswörtchen sagen. Aber Sie, Herr Gänsehaupt, haben ja ohnehin Schweigepflicht, ich sag Ihnen, was Sie sich sicher bereits gedacht haben: Berti ist im Schornstein stecken geblieben. Weil er sofort geflucht hat und alle sein Fluchen aus dem Kamin hören konnten, hält er den Rekord im Gefunden-Werden.

Seit einigen Jahren werden die Verstecke etwas vorhersehbarer, um nicht mit dem Wort »lustlos« zu sprechen. Das liegt, glaube ich, vor allem daran, dass sich immer alle versteckt hatten und niemand wirklich gesucht hatte. Dadurch war es weniger ein Spiel als vielmehr eine gemeinsame Aktivität. Irgendwann sind dann einfach alle ungefunden aus ihren Verstecken herausgekommen und haben sich zurück an den Tisch gesetzt. So bleibt der Spaß am Verstecken, aber nicht der, ein besonders raffiniertes Versteck zu finden. Berti zum Beispiel versteckt sich seit Jahren nur noch in der Speisekammer und macht dann das Licht aus. Und Tarzan versteckt sich auf der Terrasse, im Schnee, beim Weißweinkanister, die Augen über den See gerichtet, als ob von dort ein Suchtrupp zu erwarten wäre. Oder als ob er nachdenken würde, das schon.

Dieses Weihnachten war es allerdings anders. Dieses Weihnachten hat sich niemand absichtlich versteckt. Als es Zeit war, sich zu verstecken, da sind alle einfach sitzen geblieben. Berti war ja ohnehin an Otto gefesselt. Außer dem Geräusch von siedendem Öl und dem langsamen Atmen von Otto war nichts mehr zu hören. Herr Gänsehaupt, ich glaube, dieses Mal war das erste Mal, dass wirklich alle verschwunden waren. Und ich habe gesucht. Wir saßen um den Tisch und ich habe von einem zum nächsten geschaut. Von meiner Mutter zu Berti, von Berti zu Otto zu Tarzan zu Art. Sie saßen da wie eingefroren. Ich habe ein Stück Hirsch genommen und es nach Berti geworfen, aber der hat sich nicht geregt. Ich bin aufgestanden und um den Tisch gegangen, ich habe Art über die Glatze gestrichen, meiner Mutter die Hände in den Schoß gelegt und das Stück Hirsch, das ich nach Berti geworfen hatte und das jetzt zwischen seinem Kragen und seinem Hals steckte, wieder zurück in die Schüssel getan. Dann habe ich die Verstecke abgesucht, ich habe beim Kühlschrank in der Küche nachgeschaut, draußen auf der Terrasse beim Weißweinkanister, in der Dusche, unter dem Sofa, und sogar hinter alle Bäume am Seeufer habe ich geschaut. Und obwohl ich wusste, dass sich weder im Kamin noch in der Geschirrspülmaschine jemals wieder jemand verstecken würde, habe ich an beiden Orten nachgeschaut. Und das alles, obwohl ich wusste, dass meine Familie am Tisch saß.

Ich schwöre Ihnen, Herr Dr. Gänsehaupt, ich war alleine im Raum. Am Tisch saßen nur noch Hüllen. Kurz habe ich wirklich überlegt, ob vielleicht alle von Außerirdischen entführt wurden. Ich weiß nicht genau, wieso, aber ich habe das Radio eingeschaltet und langsam den

Knopf für die Sender gedreht. Vielleicht dachte ich, dass ich ein Gespräch abfange von einem Raumschiff, das ganz in der Nähe ist. Ich bin auf die Terrasse gegangen und habe in den Himmel geschaut. Und auf den See. Für einen Moment habe ich gedacht, dass ich die Umrisse von Art erkennen könnte. Aber gerade die Umrisse von Art saßen ja am Tisch!

Na ja, in dem Moment, da war ich eben nicht ganz auf der Höhe und habe mir Gedanken gemacht, die ich mir unter anderen Umständen nicht gemacht hätte.

Ich habe dann versucht, meine Familie mit Ohrfeigen wach zu bekommen. Aber bis auf Otto schliefen sie nicht, die Augen waren offen, auf den Tisch gerichtet oder zum Fenster hinaus auf den See oder in den Schoß oder einfach ganz weit weg, irgendwohin.

Und in dem Moment war ich plötzlich nicht nur alleine, mir wurde bewusst, dass alles um mich herum nicht so natürlich lebendig war, wie ich es immer für selbstverständlich gehalten hatte. Ein Stück Hirsch, ein Stück Art, der Abrieb eines Tarzans. Ich kann es nicht besser erklären. Erinnern Sie sich, wie ich Ihnen erzählt habe, dass wir Kerzen vor den Geschenken angezündet haben? Wie es eine ganz dunkle, aber auch eine ganz warme Stimmung gab? Wie es mich an eine Beerdigung erinnert hat? Dieser Moment hat mich am ehesten daran erinnert, wie es ist, wenn die Beerdigung vorbei ist. Wenn der letzte Rest verschwunden ist. Wenn das Licht wieder normal scheint, wenn die Stimmung sich normalisiert und alle so tun, als lebten sie in derselben Welt, in der sie gelebt hatten, als der Verstorbene noch lebte. Die Körperhüllen waren gut um den Tisch drapiert. Als würden sie die Welt an den Stellen noch zusammenhalten, an denen sie aufgerissen war, oder besser, an denen sie bald aufreißen wird, wenn wirklich alles verschwunden ist. Als wenn die Körperhüllen noch die Löcher stopfen, die längst geschlagen sind. Kurz bevor die Zeit den Stöpsel zieht. Hui. Das ist alles ziemlicher Quatsch, bitte entschuldigen Sie, Herr Gänsehaupt. Nach ein paar Minuten war der Spuk vorbei und die Starre aufgehoben.

Haben Sie auch Verstecken gespielt? Hat man Sie gefunden? Ich glaube, dass Sie ein echter Profi sind im Verstecken spielen. Es kann nur einer ganzen Menge sehr unwahrscheinlicher Zufälle zu verdanken sein, dass ich Sie gefunden habe, als ich Sie am meisten gebraucht habe. Ich könnte mir vorstellen, dass, wenn wir gemeinsam Verstecken spielen, dass Sie dann der neue Rekordhalter im »Nicht-Gefunden-Werden« werden.

Die meisten Menschen werden natürlich nicht von mir gefunden, sieben Milliarden Menschen finde ich nicht. Kennen Sie das? Sie sind irgendwo, in Kirgisistan oder in Lima oder nur in Bern. Ein paar Tage vorher haben Sie an einen Schulfreund gedacht, mit dem Sie einmal ein Feuer angezündet haben. Und plötzlich ruft hinter Ihnen jemand Ihren Namen: »Gänsehaupt! Du alter Gauner!« Und es ist zwar nicht der Schulfreund, an den Sie noch ein paar Tage zuvor gedacht haben, aber ein anderer Freund, mit dem Sie überhaupt nicht gerechnet hatten, mit dem Sie aber auch schon mal ein Feuer angezündet haben, vielleicht ein in Deutschland lebender Araber. Und Sie drehen sich um und für einen kurzen Moment haben Sie vor ein paar Tagen an genau diesen Freund gedacht. Und für einen genauso kurzen Moment freuen Sie sich, dass Sie genau diesen Freund wiedergetroffen haben, und das, obwohl Sie gar nicht nach ihm gesucht hatten. Aber dann wird es etwas peinlich und Sie wissen nicht, was Sie sagen sollen, Sie kennen den Mann ja gar nicht mehr, Sie verbindet ein Feuer, das schon lange erloschen ist. Weil Sie nicht wissen, wie sie genau mit dieser Situation umgehen sollen, reden Sie sehr lange darüber, wie irre das ist, dass gerade Sie beide sich hier, ausgerechnet hier getroffen hätten, und was für irre Kräfte doch das Universum leiten würden, dass gerade Sie beide – wie überwältigend das sei. Sie rätseln, wie es möglich ist. Es kommt Ihnen der Zufall in den Sinn, aber sie wollen es nicht Zufall nennen. Sie nennen es Schicksal und verweisen auf eine viel höhere Kraft. Sie glauben nicht daran, dass Ihr Freund, mit dem Sie zusammengetroffen sind, nur einer von sieben Milliarden sein soll, einer von über tausend, die Sie heute schon vor Ihrem Freund gefunden haben. Und er glaubt es auch nicht, er erzählt Ihnen von einem Band, das Sie beide wohl zusammenhalten müsse, obwohl er eigentlich an so etwas nicht glaube. Und dann wird es still für einen Moment. Und Ihnen fällt ein, gelesen zu haben, dass bei einem Fußballspiel die Chance, dass zwei Spieler der zwanzig Feldspieler und der zwei Torwarte, am selben Tag Geburtstag haben, über fünfzig Prozent betrage.

Sie schauen in die Augen Ihres Freundes oder eher noch in die Hülle Ihres Freundes und schauen dabei in die Augen eines Fremden und wissen nicht, was noch zu sagen sein sollte. Als wäre Ihr Freund von Außerirdischen entführt worden und diese Außerirdischen haben dann einen Fremden zu einem Treffen mit Ihnen geschickt. Der Mann, der Ihnen dort gegenübersteht, der Mann hat mit Ihnen niemals ein Feuer angezündet.

Was ich damit sagen will, Herr Dr. Gänsehaupt, man kann niemanden finden, den man nicht gesucht hat. Aber Sie, Sie habe ich gesucht und gefunden.

21.
Kriminelle Energie

Ich habe die zehnte Klasse nicht geschafft. Mein Physiklehrer hat mich gefragt, warum ich die zehnte Klasse nicht einfach bestehen würde. Ich sei doch sehr intelligent. Ich habe ihn gefragt, was er über Intelligenz wisse und warum er glaube, dass ich intelligent sei. Er hat gesagt, dass man das einfach merke. Darüber musste ich lange nachdenken. Ich glaube, dass Lehrer allen Kindern sagen, dass sie intelligent sind. Ich kann mir nicht vorstellen, dass ein Lehrer sagt: »Regine, das ist aber erstaunlich, dass du die zehnte Klasse bestanden hast, dabei bist du doch so dumm.«

Es gab in meiner Klasse die Schüler, die nie für eine Klassenarbeit lernen mussten. Die haben trotzdem gute Arbeiten geschrieben. Und dann gab es die wie mich, die auch nie für eine Klassenarbeit gelernt hatten. Aber wir haben trotzdem schlechte Arbeiten geschrieben. In den Auspuff des Volvos von diesem Physiklehrer habe ich später Bauschaum gesprüht. Weil ich erwischt wurde, habe ich erfahren, wie teuer die Reparatur war, und es hat sich herausgestellt, dass die Reparatur teurer war, als ich gedacht hätte. Derselbe Physiklehrer hat dann gesagt, dass ich so dumm sei, dass er nicht verstehe, wie einer, der so intelligent sei, so dumm sein könne. Der Polizist, der bei dem Gespräch dabei gewesen ist, der mich gar nicht kannte, der hat auch gesagt, dass ich klug sei. Ich habe den Polizisten gefragt, was er denn über Intelligenz wisse. Und der Polizist hat gesagt, dass er eine ganze Menge über kriminelle Energie wisse. Und dass die Menge an krimineller Energie etwas mit Intelligenz zu tun habe.

Ich weiß, Herr Gänsehaupt, für Sie ist das keine Überraschung, das mit der kriminellen Energie. Ich komme ja zu Ihnen, um einen Mord zu gestehen. Aber für mich war das damals ein Schock. Es war zum Beispiel so, dass ich gerne ein Abitur gehabt hätte. Nicht, weil ich studieren wollte. Ich wollte Student sein. Aber studieren, habe ich damals gedacht, sei sicher wie Schule. Und die habe ich ja schon nicht geschafft. Da es mit der Schule nicht geklappt hatte, dachte ich über alternative Methoden nach, mein Abitur zu bekommen. Erst müsste ich mir ein Abiturzeugnis ausdrucken. Dann brauchte ich einen Schulstempel. Einen Schulstempel gab es im Sekretariat. Die Sekretärin trinkt den ganzen Tag Tee. Ich müsste ein Betäubungsmittel in den Tee tun, damit die Sekretärin einschläft. Dann würde ich mit meinem Abiturzeugnis in das Sekretariat gehen und mein Abiturzeugnis stempeln. Eine Kopie des Abiturzeugnisses kommt in den Keller der Schule in einen Aktenschrank. Links über dem Aktenschrank ist ein kleines Fenster. Weil ich keinen Schlüssel für diesen Aktenschrank hätte, müsste ich nachts einen Brandsatz durch dieses Fenster werfen, um den Schrank und alle Zeugnisse zu vernichten. Dann hätte ich ein Abiturzeugnis, das nicht zu unterscheiden wäre von einem anderem. Also nicht zu unterscheiden von einem echten.

Aber vorher habe ich noch Bauschaum in den Auspuff meines Physiklehrers gesprüht. Und dann hat der Polizist gesagt, dass ich eine hohe kriminelle Energie besäße. Das hat mir zu denken gegeben.

Als ich die Sache mit meinem Abiturzeugnis geplant habe, saß ich im Keller von einem Freund und wir haben Gras geraucht. Es stank nach Pisse, weil jemand in die Mülltonnen gepisst hatte, die auch im Keller standen. An der Wand hing ein Plakat von Josef Stalin, den wir für Erich Honecker hielten. Oder andersherum. Ja, auf jeden Fall, es war ein Bild von Erich Honecker, den wir für Stalin hielten.

Mein Freund fragte: »Du willst die Sekretärin betäuben?« Und ich habe gesagt: »Nein, natürlich nicht. Ich will ein Abiturzeugnis.«

Jedenfalls ist kriminelle Energie vererbbar. Glaube ich. Keine Ahnung. Weiß ich eigentlich nicht. Vielleicht auch nicht. Wenn sie vererbbar ist, dann muss ich sie von meinem Vater haben, Sie erinnern sich? Der in Deutschland lebende Araber, den ich nie kennengelernt habe. Was denken Sie? Besitzen Sie kriminelle Energie? Ich habe das Gefühl, dass wir uns sehr ähnlich sind, Herr Dr. Gänsehaupt, deswegen frage ich. Wir sehen uns sogar ähnlich. Schauen Sie. Die Nase, das Kinn, die Haare. Für einen Doktortitel hatte ich nie so einen Plan wie für mein Abitur. Ich lasse das mal einfach so stehen, Herr Gänsehaupt, Sie werden schon wissen, wie ich das meine.

Von meiner Mutter habe ich die kriminelle Energie auf jeden Fall nicht. Von meiner Mutter habe ich die Augen, die Finger, die Zähne. Und ein kriminalistisches Gespür. Also vielleicht das Gegenteil von krimineller Energie. Ein Gespür, das mir geholfen hat, Sie zu finden, Herr Gänsehaupt, das mir hilft herauszufinden, ob jemand lügt. Das haben Sie ja sicher auch.

Die Sekretärin hatte großes Glück, dass ich zwar kriminelle Energie besaß, aber keine Umsetzungsenergie oder Energieenergie.

Und Sie, Herr Gänsehaupt, Sie haben das große Unglück, dass ich mittlerweile die Energieenergie gefunden habe.

22.
Tarzans Kinder

Nach dem Essen erzählt Tarzan von seinen Kindern.

Über Jaro

und Matthias

und Khaled

und Laila

und Winston

und Sahra

und Kugel

und Josef

und Valentin, der am 14. Februar Geburtstag hat.

Und Martin, der es schwer hat in der Schule, weil ihm ein Auge fehlt.

Und Kermet, der nicht mehr mit seinem Vater spricht.

Und die Zwillinge Jan und Jens, die zwischen den Jahren volljährig werden.

Und Andreas, der mehr und mehr nach seiner Mutter kommt.

Und Viola, die äußerst musikalisch ist.

Und Jörg, der eher mit den Händen begabt ist. (Was Tarzan nicht schlimm finde, erwähnt er.)

Und Fritz, der sich jetzt Hakan nennen lasse wie Tarzan früher, erzählt Tarzan.

Und Achim, der gerade einen neuen Job angetreten habe. Tarzan hofft, dass es diesmal klappt, mit Achim.

Ich weiß nicht, wo Tarzans Kinder Weihnachten feiern.

»Ganz wie der Vater«, sagt Tarzan.

23.
Am Fenster

Schauen Sie, Herr Gänsehaupt, dort am Fenster. Die Luft ist ganz rot von der Sonne.

Gegenüber bringt ein Vater sein Kind ins Bett. Er trägt einen grünen Pullover aus Wolle. Und jetzt kommt die Mutter rein. Und küsst das Kind. Über dem Bett hängt ein Mobile. Das Fenster daneben ist dunkel.

24.
Tarzans dritte Frau

Ich weiß, ich rede um den heißen Brei. Ich weiß, ich rede und rede und Sie hören zu und hören zu und wir beide kommen nicht zu dem, was wirklich ist, was bald nicht mehr ist, alles was zart ist. Ein getrocknetes Eichenblatt und die besondere Bedeutung des getrockneten Eichenblatts. Art hat Krebs und seine Wörter sind gezählt. Alle, die in ihn hineingehen, und alle, die aus ihm hinausgehen.

Sie werden nur nicht verstehen, was passiert ist, wenn ich vorher nicht von Tarzans zweiter Frau gesprochen habe.

Tarzans dritte Frau erscheint nach dem dritten Glas Wein und heißt Maria. Tarzan hat sich zu Weihnachten sein viertes Glas Wein eingeschenkt, einen Schluck genommen und dann gesagt: »Bin ich froh, dass ich Maria habe.«

Maria ist vieles. Sie ist gutherzig und gescheit, groß, aber nicht zu groß, manchmal ist sie auch klein, aber nicht zu klein. Sie kennt sich aus.

Maria wäre die perfekte Frau für Tarzan, aber auch für alle anderen. Leider existiert sie nur zwischen zwei Gläsern Wein zu Weihnachten.

Ich glaube, dass Tarzan sie erfunden hat, weil er so viel weiß, dass eine Person nicht reicht, um zu erzählen, was er so alles weiß. Und vielleicht, weil ihm aufgefallen ist, dass wir nach dem dritten Glas Wein zwar weniger skeptisch werden, Tarzan aber nach dem dritten Glas Wein sehr viel mutiger wird, was die Grenzen seines Wissens angeht. Und überall dort, wo sein Wissen über die Grenze unserer Skepsis hinausläuft, weiß Maria plötzlich.

Tarzan erzählte von einem Toilettensystem für die Bahn. Ein Unternehmen hatte Toiletten für die Regionalzüge der Deutschen Bahn entworfen. Aber die Deutsche Bahn wollte die Toiletten nicht kaufen.

Das ist noch keine Geschichte.

Dann sagte Tarzan, dass Maria erzähle, dass das Unternehmen, das die neuen Toiletten für die Deutsche Bahn entworfen habe, nun nach einem Weg suche, der Deutschen Bahn die Toiletten doch noch zu verkaufen. Die alten Toiletten der Regionalzüge öffneten sich einfach nach unten, sodass die Scheiße auf die Gleise fallen konnte, was, wenn nicht Umweltverschmutzung, zumindest Erregung öffentlichen Ärgernisses sei. Die Firma, die nun die neuen Toiletten verkaufen wollte, hat nach Opfern dieser Erregung öffentlichen Ärgernisses gesucht und die Frau, die dafür zuständig war, diese Opfer öffentlicher Erregung ausfindig zu machen, das war Maria. Und Tarzans Wochenendhaus lag direkt unter einer alten Bahnbrücke, von der ständig die Scheiße in seinen Garten gefallen ist. So haben sich die beiden kennengelernt. Dann hat Tarzan die Deutsche Bahn verklagt und die Firma konnte die neuen Toiletten verkaufen. Ich

kenne den Garten von Tarzan. Er ist tatsächlich sehr er-
giebig, um nicht mit dem Wort »fruchtbar« zu sprechen.
Allerdings habe ich Maria noch nie gesehen, auch keine
Scheiße, die von den Bahngleisen gefallen sein soll.

»Manchmal bin ich erstaunt, wie gut Maria das alles
hinbekommt«, sagte Tarzan. »Die Arbeit, den Haushalt,
das Haus, den Garten.« Dann schenkte er sich das fünfte
Glas Wein ein. »Die Kinder«, fuhr er fort. Denn zwischen dem vierten und dem fünften Glas Wein erschei-
nen plötzlich Tarzans Kinder. Erst Jaro. Der Jüngste. Auf
den ist Tarzan besonders stolz. Und nach dem sechsten
Glas dann Khaled und Laila.

Wir hörten zu. Draußen war es kalt und wir hörten
zu. Jaro heißt immer Jaro. Aber die anderen zwei Kinder heißen nicht immer Khaled und Laila. Sie hießen
früher Khaled und Laila, als Tarzan noch behauptete, es
seien die Kinder von Naima, seiner zweiten Frau und in
Deutschland lebenden Araberin. Aber seither wechseln
die Namen häufig, von Jahr zu Jahr wird aus Agga eine
Laura und aus Theodor erst ein Theo, dann ein Flo. Dieses Weihnachten, Herr Gänsehaupt, da war es besonders
schlimm. Da wechselten die Namen vom sechsten zum
siebten Weinglas, von Rieke zu Frederik und von Max
zu Pherdinand und so weiter. Rieke ging zwar noch zur
Schule, aber machte grade ihr Abitur, während Frederik
in Stuttgart Kraftfahrzeugmechatronik studierte. Max
studierte Philosophie, Theo arbeitete für ein großes Unternehmen und Flo arbeitete in der Küche des Süllberger
Hofs als Souschef.

Tarzan erzählte nach dem siebten Glas Wein, dass Flo sehr glücklich in der Küche sei, dass er viel von Flo gelernt habe, was das Braten von Fisch und Fleisch betreffe, oder dass bestimmte Salate mit Puderzucker gewaschen würden, damit sie nicht welkten. Oder dass Maiskölbchen eigentlich aus ganz normalgroßen Maiskolben bestünden, dass man sie aber solange waschen und wieder trocknen würde, bis sie die Größe von Maiskölbchen hätten. Und das dasselbe auch für Möhrchen und Würstchen gelte und dass Erbsen in Wirklichkeit einmal saftige Kohlköpfe gewesen seien, dass auch der Rosenkohl nur eine Stufe zwischen Weißkohlkopf und Erbse sei.

Er hatte sogar einen Brief von seinem Sohn aus Kapstadt dabei, Weihnachtspost, sagte er, den er uns vorlas:

Lieber Tarzan,

ich wollte mich nur kurz melden und berichten, dass ich ein gutes Jahr hatte!

Ich bin zwar immer noch in demselben Verein mit denselben Nasen, aber ich bin befördert worden. Also nicht so richtig, aber ich bin eben auch nicht entlassen worden. Bedenkt man, was in dem Jahr alles passiert ist, ist das eben schon ganz gut. Nimmt man es genau, hatte ich nämlich kein so supergutes Jahr. Erst war da die Sache mit meiner Freundin, also jetzt meiner Ex-Freundin. Und dann bin ich, sagen wir, beurlaubt worden von der Arbeit. Und zwar ohne, dass ich Gehalt bekomme. Also man könnte sagen eine Art unbefristeter Urlaub. Nur eben ohne Bezahlung. Also es wäre durchaus möglich zu sagen, dass ich entlassen wurde. Ja, wollte ich nur schnell berichten. Bis bald!

Dein Joseph

———

Art machte ein Geräusch. Es war kaum zu hören. Es bedeutete, dass er müde war. Oder dass er gerade an etwas anderes dachte. Oder dass er Tarzan nicht mehr zuhören wollte. Es war ein Seufzen. Aber auch ein Geräusch, das man macht, wenn man Schmerzen hat.

Tarzan fragte, ob es Art gut gehe. Aber ironisch. Tarzan wollte wissen, warum sich Art bei seiner Geschichte so sehr langweile.

Art sagte: »Es gibt Maria nicht. Du weißt, dass es Maria nicht gibt. Wir wissen, dass es Maria nicht gibt.«

Dann schwiegen wir. Langsam stand Art auf und holte mit einer silbernen Kelle die Schlüssel für die Handschellen aus dem Fonduetopf mit der Brühe. Er befreite sich erst selbst und gab dann die Schlüssel in die Runde. Meine Mutter legte die Handschellen ab und half dann Berti und Otto, sich von den Handschellen zu befreien. Tarzan legte die Schlüssel vor sich auf den Teller in das Fach mit der Feuersoße. Die Handschellen behielt er an.

Art ging zum Bücherregal und zog einen Gedichtband heraus. Er blätterte ein wenig vor und zurück, bis er gefunden hatte, wonach er suchte.

Er kam zum Tisch zurück.

Tarzan schloss die Augen. »Gerade du willst mir erzählen, wen es gibt und wen nicht? Du? Ich kenne Art. Ich bin mit Art aufgewachsen. Ich habe Art gewickelt, habe ihn in den Garten getragen, habe ihn auf dem Arm gehabt. Ich habe das Taschengeld geklaut und Art hat gepetzt. Ich habe mit Art geweint, als unser Vater gestorben ist, und saß mit ihm auf der Terrasse. Ich kenne Art. Aber du bist doch nicht Art!«

Tarzan lief eine Träne über die Wange. Art las:

Auf allen Stufen meines Leibes haust
ein Schmerz für sich und mochte heilig werden,
ich bin dem Kloster längst schon spinnefeind
und wäre lieber ein Zigeunerlager.

Dann noch ein paar Seiten und er las:

die röntgenbilder
und auch die orchidee, die wächst

Tarzan war wütend. Ich weiß nicht, warum Tarzan wütend war. Und nicht, warum er weinte. Er schrie und schlug auf den Tisch, sodass der Topf mit dem Fett umfiel. »Du bist nicht Art, ich kenne jede Zelle von Art. Von dir kenne ich nicht mal die Nebenniere.«

Art las:

und die zeit beginnt von vorn. all dies ist geschehen
und wird wieder geschehen, eine endlose schleife
im raum, und du bist ein teil, ein teilchen eines

teils, ein teilchen eines teilchens eines teils usw.
und draußen stehen bäume, draußen ist es hell.
Tschechow kommt herein. er legt eine pistole
auf den tisch und schweigt. du schaust hinaus.
Tschechow schaut hinaus. ihr schaut gemeinsam
schweigend hinaus, und draußen stehen bäume,
draußen ist es hell.

25.
Antworten und Fragen

Herr Gänsehaupt, Sie Therapeut, Sie, Sie sehen also, meine Familie ist in gewisser Weise verschwunden. Ich will nicht sagen, dass sie alle von Außerirdischen entführt wurden. Aber sie sind nicht da. Weder habe ich Zugriff auf meine Familie, noch hat meine Familie Zugriff auf mich. Entweder meine Familie hat die Welt verloren oder ich habe die Welt verloren. Ich gebe es ungern zu, Herr Gänsehaupt, aber es wird Ihnen längst aufgefallen sein, dass auch ich es sein kann, der die Welt verloren hat. Dass sie mir abhandengekommen ist, die Welt. Meine Familie lebt auf einem Planeten, der einen fernen Stern umkreist. Der Stern heißt Sonne, der Planet ist die Erde und ich sitze hier bei Ihnen, Herr Gänsehaupt, Lichtjahre entfernt von meiner Mutter und Berti und Tarzan und so weiter, auf einem Planeten, der Xyloton heißt.

Stellen Sie sich das vor, Herr Gänsehaupt: Da stand ich mit dem Messer in der Hand und dachte darüber nach, wer der Stärkste ist und wer der Schwächste. Wen ich zuerst vom Diesseits ins Jenseits befördern müsste, um vom Letzten nicht mehr überwältigt werden zu können. Bei wem das meiste Blut fließen, das meiste CO_2 aus der Brust strömen würde. Und in dem Moment fällt es mir auf: Niemand hier kann mich überwältigen. Wenn ich die Augen für einen Moment schließen würde, nicht lang, aber eben lang genug, dann wäre niemand mehr da. Nichts wäre mehr da. Ich würde die Augen wieder öffnen und auf einen Tisch schauen mit durchsichtigen Schüsselchen, in denen Soßen und Cornichons durchsichtig werden und das Myoglobin in Hirsch und Reh oxidiert. Und um den Tisch säßen ein paar durchsichtige Figuren, die kein Messer mehr verletzen könnte. Und wenn wir uns Tschüss sagen, schön war's, ja, fahrt vorsichtig, also bis zum nächsten Mal, dann gehen Fremde und sie steigen in fremde Autos und sie leben fremde Leben. Kurz werden sie noch über Weihnachten sprechen, leise, mit sich selbst. »Gar nicht so schlimm, dieses Mal, oder?« »Berti hat vielleicht getrunken!« »Maruan ist ziemlich altklug. Was wollte er eigentlich mit dem Messer?« »Ach, was für ein Kreuz ist doch dieses öde Familienspiel!« Das wird die letzte Familienerinnerung sein, das letzte Kapitel einer Chronik, die bis zu einem Handelsmann zurückreicht, der Siegelträger der wichtigsten hanseatischen Handelsmänner war. Und dann werden sie durchsichtig und abwesend sein. Sie werden ihre Körper getauscht haben. Und es mag ja sein, dass einige von ihnen es schaffen werden, noch ein weiteres Weihnachten zu feiern. Aber es wird nicht mehr das der Familie sein.

Es ist ein Ende und es ist eines, an dem ich weniger mitzutragen hatte, als ich es vielleicht am Anfang der Sitzung suggeriert habe. Es ist vielleicht kein Mord. Es ist auch keine Sterbehilfe. Aber weg sind sie trotzdem.

Art ist auf den See hinausgegangen. Berti hat ihn nicht gesehen. Otto hat geschlafen. Tarzan rettet nicht. Meine Mutter hatte plötzlich ihre Knochen verloren. Ich habe die Augen geschlossen, nicht lang, aber lang genug.

Otto ist im Schlaf an einer Olive erstickt. Tarzan war beschäftigt. Art rutschte mit den Hausschuhen auf dem Eis des gefrorenen Sees aus und meine Mutter schlug mit weicher Hand auf Ottos Rücken.

Berti hat auf das Messer geschaut. Aber er hat das Messer nicht gesehen. Art hat einen Gedichtband auf den Tisch gelegt. Meine Mutter legte ihre Hand in ein Glas, ich schloss die Augen, nicht lange, aber lang genug. Tarzan stolperte über einen Schnürsenkel, weil er nicht daran glaubte, dass man Schnürsenkel zubinden sollte, und Berti schaute auf das Messer. Und ich öffnete die Augen und schaute aufs Meer.

Und dann haben wir unsere Mäntel angezogen, unsere Stiefel, unsere Mützen. Wir haben unsere Geschenke eingepackt, die immer noch wie Grabsteine über dem gefalteten Geschenkpapier emporragten. Wir haben das Fleisch aufgeteilt und die Soßen. Ich habe die Walnusssoße bekommen, weil ich sie sehr gerne habe. Wir standen eine Weile still vor der Eingangstür und schauten auf die Terrasse hinaus, zum See, leise rieselt der Schnee. Das Licht wurde immer weniger und wenig Licht reflektierte von der Klinge des Messers, sodass es einen dunklen Blitz gab.

Meine Mutter sagte: »Ja, das war es ja wieder.«

Art sagte nichts. Zu niemandem. Es mag nicht logisch

sein, aber das war sehr laut, dass er nichts gesagt hat. Oder wie er nichts gesagt hat. Es ist das Letzte, was ich von Art gehört habe.

Tarzan sagte zu Berti: »Tja, schön.« Und klopfte Berti auf den Bauch.

Berti sagte: »Hmm, ja.«

Otto gähnte, sein Mantel war zu groß, mindestens drei Nummern.

Ich sagte: »Das war ja knapp.« Aber niemand hörte mir zu.

Meine Mutter sagte zu Art: »Also dann bis Ostern, oder?«

Und Tarzan sagte: »Na bis Ostern und bis zum nächsten Weihnachten und bis zum nächsten Ostern und bis zum nächsten Weihnachten und ...«

Berti legte eine Hand auf Arts Schulter.

Otto sagte: »Wieso bis Ostern? Wieso bis Ostern? Wieso sagst du das?«

Meine Mutter sagte: »Also dann, wir müssen!«

Ich sagte: »Ja, wir müssen.«

Tarzan sagte: »Also wir müssen. Bis Ostern.«

Otto nahm Berti an die Hand und führte ihn zum Auto. Ich ging zum Auto, Tarzan ging zum Auto und drehte sich noch einmal um, meine Mutter stand in der Tür. Dann ging meine Mutter zum Auto.

Art blieb.

Nun gut, Herr Dr. Gänsehaupt, diese Familie habe ich nicht umgebracht. Nicht ermordet, getötet, beseitigt, zu den Fischen zum Schlafen gelegt, um die Ecke gebracht, nicht ins nächste Leben gefahren.

Können Sie sich ans Chez Tarzan erinnern? An den bewaffneten Kampf? Können Sie sich an Weihnachten 1984 erinnern? Wissen Sie noch, was Sie an diesem Weihnachtsabend gemacht haben? Es gab 1984 zwei Weihnachten. Eines, bei dem es mich noch nicht gab. Und eines, bei dem es mich gab. Weihnachten 1984 bin ich geboren. Es war das einzige Weihnachtsfest, an dem ich da war, Berti und Otto, meine Mutter und Tarzan und alle Zellen von Art in scharfer Abgrenzung zu allen anderen Zellen und der, den sie meinen Vater nennen.

Berti erzählt die Geschichte meiner Geburt so: »Ich hatte gerade einen Schlag Walnusssoße nachgelegt und Hirsch im Fett, als plötzlich von unter dem Tisch ein Geräusch herkam, das sich anhörte, als wäre eine Wasserbombe geplatzt. Ich habe unter den Tisch geschaut und da war tatsächlich eine Lache. Als ich wieder aufgeschaut habe, waren alle schon um deine Mutter versammelt. Ich weiß noch, dass ich einen Witz gemacht habe, sowas wie: Fett und Brühe würden doch reichen, wir müssten nicht auch noch Fruchtwasserfondue machen. Aber da hat niemand mehr drauf reagiert. Deine Mutter stand ganz im Zentrum. Obwohl, wenn ich es genau nehme, dann standst du natürlich ganz im Zentrum. Otto war benommen vom Anblick und ist ohnmächtig geworden. Dein Vater und Tarzan haben dann die Logistik übernommen. Dein Vater hat das Auto geholt. Tarzan hat deine Mutter gestützt und zum Auto gebracht und dann haben sie sich auf den Rücksitz gesetzt und dein Vater ist ins Krankenhaus gefahren. Art, Otto und ich sind zurückgeblieben. Art hat sich das Notizbuch genommen, das er in dem Jahr von Otto bekommen hatte, und hat angefangen aufzuschreiben, was gerade passiert war. Er wollte den Moment unbedingt festhalten. Dabei hat er auch dieses berühmte Gedicht geschrieben:

Und so kommt aus einer Blume
eine Blume
wie Moos
aus Moos

Na ja, oder so ähnlich. Ich weiß es nicht mehr genau. Tarzan weiß es sicher noch besser. Ich habe dann Hirsch gegessen und schnell auch das Fleisch von allen anderen Gabeln, sagen wir, vernichtet, damit nichts anbrennt. Dann habe ich Otto eine Ohrfeige gegeben, damit der aufwacht. Otto und ich haben die Geschenke zusammengepackt, und als Art fertig geschrieben hatte, haben wir alles in ein zweites Auto geladen und sind zum Krankenhaus gefahren. Als wir ankamen, warst du schon da und wir haben gesagt: ›Ja, den nehmen wir.‹«

Otto erzählt die Geschichte so: »Ich kann mich ja an wenig erinnern. Nur dass wir dann im Krankenhaus waren und dass du plötzlich da warst. Wir haben die Geschenke aufgebaut, und obwohl du noch keinen eigenen Haufen mit Geschenken hattest, war da ein Platz für dich. Eine

Schwester hatte dir eine Stoffente geschenkt, keine Ahnung, woher sie die plötzlich hatte, die haben wir an den Platz gestellt, wo dein Haufen sein sollte. Wir haben Kerzen angezündet und du warst sehr zerknautscht. Wir standen um das Bett deiner Mutter und haben dich angeschaut. Es hat gepiept, die Maschinen um dich herum haben gepiept. Wir waren nicht auf der normalen Entbindungsstation, weil sich deine Nabelschnur um den Hals gewickelt hatte. Tarzan erklärte uns, dass das passieren könne, wenn die Mutter während der Schwangerschaft falsch gelegen habe. Aber auch, dass es ständig passiere, dass Mütter eigentlich immer falsch liegen würden, dass Maria allerdings extra üben würde, richtig zu liegen. Und dass es in Brasilien einen Stamm gebe, der keine Vergangenheitsform kenne. Einfach so.

Dann hat Art das Gedicht vorgetragen, das er für dich geschrieben hatte, es ging so, glaube ich:

Rosen sind rot
Veilchen sind blau
Maruan ist neu
Zntarex x567v

Wir haben alle sehr gelacht. Und ich gebe zu, wir haben Art auch ein wenig ausgelacht. Aber es war trotzdem ein schönes Lachen. Und Art hat auch gelacht. Ein schönes Lachen für das schönste Weihnachtsfest, das die Paschens je gehabt haben.

Dein Vater war auch dabei. Ich nenne ihn einfach deinen Vater, obwohl ich weiß, dass du das nicht magst. Er hat dich auf dem Arm gehabt und alles hat geleuchtet, wie es eben leuchtet, wenn wir unsere Geschenke aufbauen. Und für einen Moment habe ich gesehen, wie du, dein Vater und deine Mutter etwas haben werden, was wir alle, deine Onkel und deine Oma nicht gehabt haben. Ich weiß nicht, was.

Du weißt ja, dass ich eine Zeit bei fremden Wesen verbracht habe. Diese fremden Wesen hatten keine Familien. Und dann haben sie Raumschiffe gebaut. Wenn wir vor unserer Familie fliehen möchten, also einfach, um ein wenig Ruhe zu haben, dann können wir höchstens nach Australien fliehen. Und wenn wir die Familie vermissen, dann müssen wir nur bis Weihnachten warten. Aber wer keine Familie hat, der baut Raumschiffe. Und dein Vater, der hatte keine Familie, glaube ich. Zumindest habe ich das gedacht, als er dich auf dem Arm hatte. Etwas in seinem Blick verriet mir, dass dein Vater auf dem Heimweg war, von Australien zurück zu einer Familie, die er nie hatte. Und er hat dich angeschaut, als wärst du nicht neu. Nicht gerade erst gekommen an diesem Weihnachtsfest. Nicht als wärst du ein Geschenk von einem der Haufen, die wir aufgebaut hatten, oder eine andere faszinierende Neuheit. Sondern so, als hätte er dich sehr vermisst, als er in Australien war. Versteh mich nicht falsch, dein Vater war natürlich nie in Australien. Oder vielleicht war er auch in Australien, aber dann weiß ich nichts davon, das ist nur eine Metapher. Ich bin müde.«

Art erzählt die Geschichte so:

»Jaja, ich habe mich dazu hinreißen lassen, dieses Gedicht zu schreiben. Aber es ging anders.

Braune Rose welk
denn neu ist Jahr für Jahr
legen wir uns in deine Augen
sobald sie offen sind

Das ist nicht viel besser, aber ich will es doch klarstellen. Im Gegensatz zu Tarzan war ich sehr beunruhigt, als der Arzt uns berichtete, dass du dir die Nabelschnur um den Hals gewickelt hattest. Tarzan hat uns erklärt, dass es einige Kulturen gebe, in denen Kindern, die sich im Mutterleib die Nabelschnur um den Hals wickelten, eine besondere Nähe zu den Sternen nachgesagt werde. Allerdings hatte ich meine Zweifel. Obwohl du vermutlich wirklich kurz davor warst, zu den Sternen zurückzukehren, bevor du diese Welt überhaupt betreten hattest. Ich erinnere mich, dass dein Vater sehr stolz war. Oder zumindest: Dass er ein Gesicht gemacht hat wie jemand, der sehr stolz ist. Er stand auch am Bett. Und das Licht war so, wie es zu Weihnachten immer ist. So wie es ist, nachdem wir die Geschenke ausgepackt haben und die Kerzen anzünden und dann beieinander sind und es ganz ruhig wird. Da war dein Vater aber schon draußen, um etwas mit der Schwester zu besprechen oder mit dem Arzt, das haben wir dann ja nie erfahren.«

Und so erzählt Tarzan die Geschichte meiner Geburt:
»Es sind die Heltikken gewesen. Bei denen ist die Nabelschnur ein besonderes Zeichen der Verbundenheit zwischen Mutter und Kind. Nimmt man es genau, ist die Nabelschnur natürlich auch bei uns ein besonderes Zeichen der Verbundenheit zwischen Mutter und Kind. Die Heltikken haben keine Väter. Das ist natürlich sehr spannend. Sie haben auch kein Wort für Vater. Das ist natürlich sehr spannend. Bei meiner Geburt habe ich mir auch die Nabelschnur um den Hals gewickelt. Das ist ein Zeichen, habe ich gedacht. Ein Zeichen. Aber ich wusste damals natürlich noch nicht, wofür.

Als wir alle so um das Bett standen, da wollten wir ein Foto machen. Damals hatte nicht jeder ein Telefon in der Tasche, mit dem er so viele Fotos machen konnte, wie er wollte. Da musste jedes Foto etwas ganz Besonderes sein. Und wenn man so ein Foto machte, dann war das auch ein Zeichen. Ein Zeichen dafür, dass es ein ganz besonderer Moment war, den man festhalten wollte.

Ich bin also hinausgegangen, um deinen Vater zu holen, der gerade etwas mit der Schwester besprechen wollte oder mit einem Arzt. Jedenfalls habe ich ihn nicht gefunden. Wir haben dann ein Foto ohne deinen Vater gemacht, aber ich habe nicht aufgehört, deinen Vater zu suchen. Ich bin durch die Stationen gegangen. Dann raus aus dem Krankenhaus, um den Häuserblock, in die U-Bahn-Station, in die U-Bahn, in andere U-Bahn-Stationen. Ich habe ihn weiter und weiter gesucht. In Treppenhäusern und Schallplattengeschäften. In Cafés und Universitäten. In Städten und Dörfern und auf dem flachen Land. Am Meer und am anderen Meer. In Frankreich und in Polen und in der Schweiz. Auf Dachböden und in Kellergeschossen, auf Polizeistationen und auf Jugendämtern, in Botschaften und Konsulaten. Und auf Friedhöfen. Ja, auf Friedhöfen.

Ich habe auch Naima überall dort gesucht. Und ich habe gewusst, dass ich Naima finde, wenn ich deinen Vater finde. Jetzt habe ich Maria. Aber damals habe ich deinen Vater gesucht, um Naima zu finden.«

Jetzt sitzen Sie vor mir und ich kann Sie nicht anders nennen als Herr Dr. Gänsehaupt. Kein anderes Wort kommt mir über die Lippen. Ich stehe vor Ihnen und sehe Sie an, schaue auf Ihren Körper, der alt ist.

Schauen Sie, Herr Gänsehaupt, ich kann meinen linken Daumen nicht bewegen. Sehen Sie? Da ist kein Gelenk. Ich habe es erst gemerkt, als ich schon in die Schule gegangen bin. Es gab ein Spiel, bei dem man mit einem Raumschiff durch verschiedene Welten fliegen, Gegner abschießen, zwischen Felsen durchmanövrieren und Münzen einsammeln musste. Nach der Schule bin ich zu meinem Freund Serkan Siegel nach Hause gegangen und wir haben dieses Spiel gespielt. Meistens hat er gespielt. Er musste fünfmal tot sein, bevor ich einmal spielen durfte. Aber ich war nicht gut in dem Spiel. Ich bin von Gegnern abgeschossen worden und vor allem immer und immer wieder mit dem Raumschiff gegen einen Felsen geflogen. Es waren riesige Felsen. Aber auch riesige

Lücken zwischen den Felsen. Mein Freund hat geschrien »Rechts!« oder »Hochziehen!«, aber ich bin jedes Mal einfach weiter auf meinem Kurs geblieben. 7 – 6 – 5 – 4 – 3 – 2 – 1 – Feuerball – Game Over. Das Raumschiff und ich sind gegen eine Wand geflogen. Wenn ich heute daran denke, dann fühlt es sich an, als liefe ich ständig gegen eine Laterne. Irgendwer von der anderen Straßenseite ruft: »Hey, pass auf! Die Laterne! Geh doch links daran vorbei!« Ich winke freundlich und rufe zurück: »Ja, danke, das war wirklich sehr unaufmerksam von mir. Dieses Mal werde ich einfach links an der Laterne vorbeigehen, danke noch mal!« Und dann laufe ich wieder gegen die Laterne. Der Typ von der anderen Straßenseite schüttelt den Kopf. Ich lache, schüttele auch den Kopf und rufe »Also so was!« Dann laufe ich wieder gegen die Laterne.

Mein Freund war gut in dem Spiel. Irgendwann hat er sich meine Hände angeschaut. Ich weiß nicht, warum. Vielleicht so wie der Typ von der anderen Straßenseite irgendwann die Straßenseite gewechselt hätte, um mich zu einem Neurologen zu bringen. Mein Freund hat herausgefunden, dass ich meinen Daumen nicht bewegen konnte. Ich war erstaunt. Mir ist es nie aufgefallen.

Serkan hat mich angeschaut, so wie Sie mich jetzt gerade anschauen. Er hat meine Hand gehalten und mich gefragt, ob ich also tatsächlich behindert sei. Ich wusste nicht, was ich sagen sollte. Serkan streichelte meine Hand und sagte, dass sein Vater schon gesagt habe, dass ich vermutlich behindert sei.

Ich habe das wohl geerbt. Von meiner Mutter wahrscheinlich. Oder von Art. Oder von dem, den ich meinen Vater nenne, aus technischen Gründen. Oder aus ähnlichen Gründen, weshalb ich Sie Herr Gänsehaupt nenne. Oder Herr Dr. Gänsehaupt. Vielleicht sind es auch Gene, die ich von meiner Oma habe. Gene, die Berti auch hat. Oder Tarzan. Es müssen Gene sein, die gegen mich arbeiten. Ich war deswegen nie beim Arzt. Hätte ich gewusst, dass der Mensch 360 Gelenke hat, und hätte ich gewusst, dass Kinder normale Menschen sind, also richtig gewusst, dann hätte ich gedacht, dass ich ein Kind mit 360 Gelenken bin. Und plötzlich hätte ich gewusst, dass ich ein Kind bin, das höchstens 359 Gelenke hat. Die Gene arbeiten gegen uns. Das klingt doch gut, oder?

Manchmal fühlt es sich an, als gäbe es eine Mauer aus Familie zwischen mir und der Welt. Viel zu hoch, um sie zu überwinden, viel zu fest im Boden verwurzelt, um mich darunter durchzugraben. Was würden Sie tun, Herr Gänsehaupt? Würden Sie die Familie umbringen? Oder sich selbst? Oder würden sie kämpfen wie mit einem Fremden, einem Feind, einem Mörder, einem, vor dem Sie sich in Sicherheit zu bringen haben? Empfinden sie Angst? Verachtung? Mitleid? Vielleicht sogar ... Würden Sie aufstehen und mich in den Arm nehmen? Sie weinen, das kann ich sehen. Aber was heißt weinen? Sie zittern, das kann ich sehen, aber was heißt zittern? Zittern Sie, weil es kalt ist? Vor Wut? Oder vor Wut, dass es so kalt ist? Sind Sie wütend auf mich? Weil ich Sie gefunden habe? Weil ich da bin? Sind Sie vielleicht wütend auf meine Mutter? Darauf, dass Sie meine Mutter jemals kennengelernt haben? Oder sind Sie vielleicht sogar ein kleines bisschen wütend auf sich selbst, Herr Dr. Gänsehaupt? Sind Sie wütend, dass Sie nichts sagen können? Weil ich die ganze Zeit rede? Und Sie im Innersten ahnen, dass ich Ihnen keine Zeit mehr geben werde, sich zu äußern? Sich zu erklären? Vielleicht um Entschuldigung zu bitten? Vielleicht Schuld zu suchen, wo ich keine finden kann? Sie fühlen sich hilflos. Weil Sie sich nicht mitteilen können. Wie ein Kind. Bevor es die ersten Worte spricht. Mein erstes Wort war »Papa«. Die einfachsten Silben sind das.

Danke an alle, die geholfen haben. Zum Beispiel:

E. P., P. P., H. P., A. S. P., K. S., M. N., L. S., He. P., U. P., I.
P., Zi. P., Do. P., Al. P., Ma. P. geb. v. B., Schl. S., Ed. K., Ha.
Le. A. R.,

um nur einige zu nennen.

Inhalt

Erste Auflage Berlin 2018

Copyright © 2018
MSB Matthes & Seitz Berlin Verlagsgesellschaft mbH
Göhrener Straße 7 | 10437 Berlin
info@matthes-seitz-berlin.de

Umschlaggestaltung: Dirk Lebahn, Berlin
Gesetzt aus der Parable von Hermann Zanier, Berlin
Druck und Bindung: Pustet, Regensburg
Printed in Germany

ISBN 978-3-95757-629-3

www.matthes-seitz-berlin.de

Maruan Paschen

Kai. Ein Internatsroman

101 Seiten, gebunden mit Schutzumschlag
ISBN 978-3-95757-111-3

Ein Schloss in den Bergen, ein Internat, in dem unerklärliche Dinge
vor sich gehen. Der Erzähler schildert seine verstörende Ankunft
und die Versuche, sich an die eigenartige neue Umgebung zu gewöhnen, an das Internatsleben mit seinen undurchdringlichen Regeln. Er
berichtet von der schönen Schoko
und von Bohlender, dem Lehrer – und natürlich von Kai,
mit dem ihn bald eine eigenwillige Freundschaft verbindet. Kai zeigt ihm, wie man »den anderen weiß«, wie man
die Grenze zwischen einander verwischt. Doch plötzlich
ist Kai verschwunden, spurlos und ohne Grund. Paschen
schildert die beklemmende Atmosphäre, die von dem Erzähler Besitz ergreift, in knappen poetischen Sprachbildern und assoziativen, notizhaften Beobachtungen, in
deren Bann der Leser zum unfreiwilligen Mitwisser düsterer Geschehnisse wird. »Kai. Eine Internatsgeschichte«
ist ein überraschend souveränes, eigenwilliges und starkes Debüt: Präzise, poetisch, bildhaft und abgründig.

 Matthes & Seitz Berlin

Jakob Nolte

Schreckliche Gewalten. Roman

340 Seiten, gebunden mit Schutzumschlag
ISBN 978-3-95757-400-8

Eines Nachts verwandelt sich Hilma Honik in einen Werwolf und tötet ihren Mann. Von nun an sind ihre beiden Kinder auf sich selbst gestellt: immer in der Angst, die Bestialität liege in der Familie und könne auch von ihnen Besitz ergreifen. Während sich Iselin dafür entscheidet, in ihrer Heimatstadt Bergen mit ihren Mitbewohnerinnen die Terrorzelle »Mädchen im System« zu gründen, bereist Edvard die Ränder der Sowjetunion auf seinem Weg nach Afghanistan. Es beginnt eine fantastische Sinnsuche durch das 20. Jahrhundert und die Unwägbarkeiten menschlichen Verhaltens. In seinem zweiten Roman zeichnet Jakob Nolte einen schwarzen Regenbogen des Horrors über die Welt und erweist sich dabei als detailverliebter Nihilist und Meister des Wahnwitzes.

Matthes & Seitz Berlin